MINHA CARNE
DIÁRIO DE UMA PRISÃO

PRETA FERREIRA

MINHA CARNE
DIÁRIO DE UMA PRISÃO

© BOITEMPO, 2020
© PRETA FERREIRA, 2020
DIREÇÃO-GERAL Ivana Jinkings
EDIÇÃO Thais Rimkus
ASSISTÊNCIA EDITORIAL Carolina Mercês
REVISÃO Carolina Hidalgo Castelani
COORDENAÇÃO DE PRODUÇÃO Livia Campos
CAPA E PROJETO GRÁFICO três design com foto de Thiago Santos
ASSESSORIA Marina Piotto
TRANSCRIÇÃO DOS ORIGINAIS Maria Gadú

EQUIPE DE APOIO: Artur Renzo, Camila Nakazone, Débora Rodrigues, Dharla Soares, Elaine Ramos, Frederico Indiani, Heleni Andrade, Higor Alves, Ivam Oliveira, Kim Doria, Luciana Capelli, Marina Valeriano, Marissol Robles, Marlene Baptista, Maurício Barbosa, Pedro Davoglio, Raí Alves, Tulio Candiotto

---

CIP-BRASIL. CATALOGAÇÃO NA PUBLICAÇÃO
SINDICATO NACIONAL DOS EDITORES DE LIVROS, RJ

F443m
    Ferreira, Preta
       Minha carne : diário de uma prisão / Preta Ferreira. - 1. ed. - São Paulo : Boitempo, 2020.

       ISBN 978-65-5717-020-5

       1. Ferreira, Preta - Diários. 2. Prisioneiras - Biografia - Brasil. 3. Socialismo. 4. Movimentos sociais - São Paulo (SP). 5. Direito à moradia - Brasil. I. Título.

20-66557   CDD: 920.93656
                        CDU: 929-058.5

Camila Donis Hartmann - Bibliotecária - CRB-7/6472

É vedada a reprodução de qualquer parte deste livro
sem a expressa autorização da editora.

1ª edição: dezembro de 2020; 1ª reimpressão: julho de 2021

BOITEMPO
Jinkings Editores Associados Ltda.
Rua Pereira Leite, 373, 05442-000 São Paulo SP
Tel.: (11) 3875 7250 / 3875 7285
editor@boitempoeditorial.com.br
www.boitempoeditorial.com.br
www.blogdaboitempo.com.br

f /boitempo   @editoraboitempo   /tvboitempo   /boitempo

Agradeço a Deus, que sei que existe em diversas formas. Deus não é a figura do homem branco que dizem por aí, Deus são formas de manifestar energia do bem, Deus é amor. Todas as religiões levam a Deus, cada indivíduo escolhe seu caminho de espiritualidade.

Agradeço a minha mãe Oxum, que não me fez perder a doçura e a ternura em minha profunda arte e em minha intimidade, embora consumida pela luta desde muito jovem.

Agradeço a São João Batista, que nasceu no dia 24 de junho, mesma data de minha prisão injusta. Por coincidência, São João também foi preso e decapitado "por ter uma grande influência sobre o povo". Mas não me comparo a ele, jamais.

Agradeço a meu pai Ogum, que me deu forças para entrar e sair de cabeça erguida dessa batalha; foi com ele que aprendi a nunca abandonar minha causa, meu povo, ele me muniu da ousadia para abrir caminhos desconhecidos, mas muito produtivos, como minha atuação na militância do Movimento Sem-Teto do Centro (MSTC) e de outras causas ligadas a injustiça social, arte, cultura, educação e racismo. Eu não sabia que era sua filha até ser questionada sobre minha paternidade ancestral pela pessoa branca que me prendeu.

Agradeço a Jesus Cristo, que foi o primeiro revolucionário em forma de gente. Não posso negar sua existência. Jesus ousou desafiar e foi contra diversas leis instituídas pelos líderes religiosos que oprimiam o povo, ele não aceitou ser aliado da corrupção e da ganância que praticavam, denunciou e lutou contra a hipocrisia dos que se diziam santos, mas tinham as atitudes mais perversas, diferente dos ensinamentos das escrituras sagradas. Jesus me ensinou sobre partilhar e lutar contra a injustiça que acontece com pobres e oprimidos. Certamente sua bondade e sua misericórdia me cercam.

Ao Espírito Santo, que me permite movimentar as melhores energias aos oprimidos por meio de minha arte e minha militância. O Espírito

Santo me faz expressar sua existência me permitindo não perder o amor ao próximo, ele habita em meu coração. Gratidão profunda.

A Xangô peço misericórdia, com ele aprendi que sua justiça é realmente justa. Misericórdia Xangô. Ao pedir justiça para Xangô, tenho que estar preparada para recebê-la! Para pedir justiça ao orixá e Senhor da Justiça, Xangô, a pessoa tem que, no mínimo, ser justa e praticar no dia a dia os Dez Mandamentos. Eu sou humana, passiva de erros, falha, como todos, mas carrego a certeza de minha honestidade.

Agradeço principalmente ao ancestrais que me fizeram enxergar que Pretinha, aquela menina curiosa que lia escondido dos pais, caminha de mãos dadas com Preta Janice, líder de movimento de moradia, cantora, atriz, publicitária e produtora cultural, na mesma estrada, multiplicando liberdades para outros corpos pretos. Agradeço a proteção e o zelo para comigo e com os meus.

Dedico este livro a meus heróis e minhas heroínas.

A toda população indígena e preta, a todas as mulheres, a todas as pessoas que cruzaram meu caminho durante esse período árduo e a todos os sem-teto do país. Foi por nós que acatei e entendi meu destino.

Não citarei aqui os nomes que fizeram parte dessa caminhada, porque considero que todas as pessoas que lutam pela liberdade de todas as pretas e de todos os pretos no mundo lutaram pela minha também – e digo isso porque hoje, exatamente neste momento, existem pessoas presas, além de seus familiares, e os que lutam pela liberdade dessas pessoas. Não citarei nomes por isso, porque estão cravados em minha alma todos os nomes que vi, que abracei e agradeci e também aqueles que nunca vi, mas sei que acreditam na minha verdade e na verdade das presas que ainda não foram julgadas, dos presos que nasceram presos por causa de sua cor da pele, seu gênero ou sua religião.

Dedico este livro, com todo amor, carinho e devoção, a minha família tão amada, família Ferreira. A minhas irmãs, heroínas, que se sacrificaram para me salvar. A minha mãe, que, além da vida, me deu o exemplo e a consciência de saber que, neste mundo, pessoas como nós não são felizes sem lutar pela terra prometida. Terra que escrevem nos livros religiosos e na Constituição.

A minhas amigas/irmãs, os verdadeiros amores da minha vida, e que, na voz de uma estrela, sempre nos lembram: "Nos temos".

A todes que ecoaram o grito de liberdades pretas. Liberdade para todas as pessoas pretas.

A todes que mudaram sua rotina, sua história, para defender a mim e minha família, nessa guerra contra gigantes da opressão. Sem vocês, não estaríamos aqui hoje.

A todas as mulheres que lá estavam comigo, as que saíram, as que ficaram. Eu não me esqueci de nenhuma, nem poderia, estão marcadas em minh'alma para sempre. A todas as famílias de pessoas pretas presas.

A todos os movimentos populares que lutaram por minha liberdade, em especial o meu, Movimento Sem-Teto do Centro, e pela de companheiros presos injustamente comigo. Aos poucos bons e honestos políticos que ainda sabem que minha luta é a nossa. Nossos defensores: dra. Amanda Cayres, dra. Allyne Andrade, dra. Luyse Reis, dr. Augusto de Arruda Botelho, dr. Fabricio Costa, dr. Beto Vasconcelos, dr. Pierpaolo Cruz Bottini, dr. Thiago Wander Silva, dr. Thiago Sousa Rocha, dr. Theo Dias, dr. Luiz Guilherme Rahal Pretti, dr. Vinicius Cascone, dr. Vitor Marques, dr. Pedro Martinez, dra. Vivian Mendes. Exercer o direito é também saber que "foi-se a chibata, implantou-se a lei, ambas sob a tutela das mesmas mãos…". Obrigada por honrarem a toga.

Por fim, a meus deuses e minhas deusas e antepassados que não me deixaram só em nenhum instante e me guiaram sempre para a luz e a sanidade, mesmo com as lágrimas derramadas e a com dor da injustiça. Por isso, deixo a oração que me fortaleceu durante 108 dias e segue me fortalecendo nas prisões invisíveis que ainda me colocam: "Meu caminhar, quem me conduz, meus orixás é minha luz, meu caminhar, quem me conduz, meus ancestrais me guiará, peço clemência pra quem atrapalhar meu caminhar".

SUMÁRIO

PREFÁCIO
POR JULIANA BORGES
13

RETRATO
17

DIÁRIO
21

O DIA EM QUE RENASCI
203

ANGELA DAVIS
209

RETOMADA
215

"VOZES VAZAM GRADES"
POR CONCEIÇÃO EVARISTO
222

CRÉDITO DE IMAGENS
223

PREFÁCIO
UM LIVRO SOBRE O BRASIL

Quando iniciei a leitura do livro de Preta Ferreira, me deixei conduzir pela narrativa envolvente. A leitura fluiu incessante. Como dizemos entre leitores ávidos: em uma sentada. Senti como se a autora me pegasse pelas mãos, com um olhar arguto, e me levasse para cada parte de sua história vívida. De fato, apenas quem já passou por aquelas situações descritas consegue dimensionar o montante de dor que elas infligem. Mas o modo como Preta escreve faz com que, ao menos, seja inevitável construir empatia.

Minha relação com as mulheres Ferreira não é nova. Dona Carmen, mãe de Preta, é uma das figuras mais importantes em minha trajetória e formação como ativista política. Com ela, aprendi a não me contentar com o possível, a não me acomodar ao confortável se os desafios ainda estão colocados. Também com ela, junto a outras tantas mulheres lideranças populares da cidade, compreendi o deslocamento que senti durante muito tempo de ativismo feminista universitário. Apesar de ter sido importantíssimo para meu fortalecimento conceitual, sempre me sentia sobrando naquele espaço em que mulheres falavam de conceitos franceses e abstratos. Como articular esse espaço à dimensão em que fui forjada, na periferia paulistana, por mulheres que muitas vezes sequer sabem o que é feminismo, mas o praticam cotidianamente, se impondo como lideranças políticas em contextos e lutas por outros modelos de fazer política e de pensar e agir no mundo? Pelas mulheres Ferreira – vejam vocês, o mesmo sobrenome de minha família paterna – foi que aprendi o feminismo negro e popular exercido na prática, em que conceitos se vertem em reais, quando é a prática que molda e constitui o discurso. E, assim, Preta Ferreira entrou em minha vida.

Nos relatos de Preta observamos um retrato complexo sobre o sistema prisional e a política criminal brasileira, em que grupos sociorraciais são selecionados para ter suas condutas, culturas e existências criminalizadas. A noção do crime e do criminoso são construções políticas, que se modulam conforme interesses de grupos e políticas dominantes que escolhem a violência como gramática para a imposição do exercício de poder pelo Estado, que será um mantenedor de privilégios e desigualdades, quando deveria ser um garantidor de direitos.

"O racismo virou câncer no Brasil", afirmativa de Preta Ferreira em poema, é uma síntese em direto diálogo com a expressão de outra intelectual negra brasileira, Beatriz Nascimento, que, por sua vez, apresenta o racismo como um "emaranhado de sutilezas". E, até mesmo, com a frase da intelectual negra portuguesa Grada Kilomba, "o racismo é uma realidade violenta". O que essas mulheres negras intelectuais estão dizendo é como o racismo constitui um sistema complexo, intrínseco ao capitalismo e à modernidade, moldando todas as relações intersubjetivas, até as instituições e as políticas de Estado. Muitas são as formas e as acomodações do racismo, adaptando-se a sociedades e interesses, sempre tendo na classificação e na hierarquia racial, na construção da ideia de "raça", fator determinante para o exercício da violência e para a manutenção de desigualdades. Não se trata, portanto, de mera comparação, mas de uma frase-síntese que nos provoca e se coloca com amplo alcance para perceber que as respostas e as lutas realizadas contra essa estrutura demandam de nós visão complexa e ação estratégica.

Não foi fácil passear pelas palavras deste livro, que, certamente, nos deixa marcas indeléveis. As prisões são ferramentas de controle e extermínio, locais de torturas físicas e psicológicas, como vemos atestado nos relatos divididos por Preta Ferreira. A dinâmica carcerária e punitiva marca e transforma os que são submetidos a ela e os que dela são executores. A desumanização do outro passa por um processo de desumanização de si mesmo. Ou qual seria a função de agentes penitenciários e policiais buscarem "quebrar" Preta Ferreira e outras mulheres em situação prisional com provocações de todo tipo? O que faz um sistema ser tão corrompido a ponto de não se perceber reprodutor de uma política que tira de si mesmo a possibilidade da dignidade e da humanidade? Essas são algumas das questões que a leitura destes relatos de Preta Ferreira suscitam em que decide com ela caminhar no terreno da palavra.

Uma afirmativa que costumo fazer é de que nem todo acadêmico é intelectual. Há uma equivocada ideia de que títulos acadêmicos sejam a comprovação da intelectualidade. Muitos acadêmicos são meros reprodutores e citadores de outros pensadores. O entendimento da figura intelectual passa pelo compromisso público com a crítica e o questionamento, com a inquietação diante do mundo e com a procura incessante por transformações e saídas diante de dilemas sociais, filosóficos, econômicos, culturais, psíquicos e políticos. Da escrita como lugar de refúgio, vemos no livro de Preta Ferreira a apresentação de uma intelectual brasileira, disposta a fazer perguntas a si mesma e ao mundo, de lançar inquietações e caminhos que só têm sentido de serem trilhados em coletivo.

Não leia as páginas a seguir achando que encontrará apenas um relato. As prisões e os sistemas punitivos são espelhos das sociedades. É possível dissecar problemas sociais, desmitificar senso comum e compreender funcionamento de engrenagens institucionais ao nos debruçarmos sobre a realidade das prisões no país. Neste sentido, o livro de Preta Ferreira é sobre o Brasil. Ao lê-lo, saiba que mergulhará em uma profunda reflexão sobre o país que somos e o tipo de país que devemos lutar para ser. Axé.

JULIANA BORGES é escritora e estuda política criminal. Consultora do Núcleo de Enfrentamento, Monitoramento e Memória de Combate à Violência da OAB-SP, conselheira da Iniciativa Negra por uma Nova Política sobre Drogas, feminista antipunitivista e antiproibicionista.

RETRATO

Quando criança, eu via minha mãe lendo escondida do meu pai na madrugada, nas escadas do fundo de nossa velha casa de pau a pique. Ele não a deixava ler – naquele tempo, naquele contexto, ler um romance causava ciúmes. Meados dos anos 1980. Eu acordava escondido, bem no horário que eu sabia que ela estaria lendo e a observava devorar as páginas como se estivesse comendo algo bem suculento. Tinha cinco anos de idade, mainha me disse que eu aprendi a ler com essa idade.

Eu juntava todas as palavras e descobria o que significava, molhava de cuspe com meu pequeno dedinho a página que estava lendo, guardava no mesmo lugar em que ela tinha deixado. Ela nem imaginava que eu já sabia ler, pois não contei a ninguém; se meu pai descobrisse que eu estava lendo aquele livro e soubesse que era dela, nossa, não gosto nem de imaginar...

E estou contando essa história só para vocês entenderem minha ligação com a escrita e a leitura.

Nunca imaginei escrever um livro, porém sempre gostei de escrever; na escola, minhas matérias prediletas eram redação e história. Sempre me destacava, meus cadernos eram cheios de histórias que eu criava – e agora entendi o porquê: eu precisava escrever minha própria narrativa.

MINHA TRAJETÓRIA

Eu me chamo Janice Ferreira Silva, mas poucas pessoas me conhecem por meu nome de batismo. Sempre me apresentei como Preta, apelido que me foi dado por meu avô pai materno. Sou a terceira dos oito filhos de minha mãe, Carmen – mulher, negra, baiana, arrimo de família, como tantas outras neste país. Cheguei a São Paulo em 1999, com quinze anos de idade, ainda sonhando com um baile de debutante como aqueles de que havia participado na Bahia, das minhas amigas. Mal sabia eu que meu baile era outro: era o baile da sobrevivência.

Quando cheguei a São Paulo, fui morar na hoje chamada Ocupação 9 de Julho, mas na época eu nem sabia o que significava "ocupação". Foi o único lugar em que minha mãe conseguiu uma moradia digna para viver com os filhos. Ela fugiu do meu pai quando vivíamos na Bahia, pois sofria muita violência doméstica e tinha medo de ser assassinada pelas mãos dele. Sua única chance foi fugir abandonando os filhos para tentar uma nova vida, para sobreviver. Quando isso aconteceu, eu tinha dez anos de idade; com doze, comecei a trabalhar – informalmente, lógico. Após cinco anos, ela retornou a Salvador para nos buscar. Antes de conhecer a ocupação, ela dormiu na rua, em albergues, só muito tempo depois conheceu o movimento de moradia.

Minha mãe era funcionária de uma empresa de seguro de saúde desde 1998 – durante a semana, trabalhava como corretora, recebia o que vendia, e aos fins de semana trabalhava na feira. Ela ficou nessa empresa até 2017; quando saiu, foi para montar sua própria empresa.

Quando cheguei a São Paulo, achava que nunca estudaria em uma universidade. Aqui descobri o que era preconceito. Além de mulher preta, nordestina, eu era sem-teto. Parecia que minha existência era um crime; a meu pensar, só branco rico podia ter nível superior, era algo destinado a eles. Eu achava que eu tinha nascido para ser doméstica – pensei que trabalharia em uma casa de família rica, de gente branca, que me doaria o resto, teria vários filhos, assim como minha mãe, me casaria, levaria uma vida regrada, de casa para o trabalho, do trabalho para casa. Nem sabia o que era ativismo. Ainda não tinha ciência da existência do *Aurélio*, o dicionário.

Minha mãe sempre nos incentivou a estudar, nos colocava em diversos cursos – de informática, almoxarifado, bordado... Foi tanto curso que eu achava que já era doutora.

O movimento me ensinou sobre ter direitos, não só deveres, me ensinou que ninguém é melhor que ninguém, me ensinou que eu poderia ser uma mulher forte e revolucionária.

Eu me formei com muito custo: trabalhava em dois empregos, um durante o dia e outro à noite. De dia, em um escritório de advocacia, como secretária; à noite, após a aula, em uma pizzaria, como atendente. Foi assim, até que me formei em publicidade e propaganda/comunicação social.

Eu nem sabia que era capaz de mudar as vidas que mudei, mas de fato usei todo o meu conhecimento para ajudar as mulheres das ocupações. Comecei ajudando minha mãe, só para ficar perto dela; em alguns anos fazíamos uma festa surpresa de aniversário para ela, mas com uma foto, pois ela nunca chegava cedo em casa, estava sempre muito ocupada cuidando da sobrevivência alheia. Eis uma mulher que abriu mão da própria vida... Ela, por exemplo, quase não conseguiu chegar a tempo para o casamento de um dos filhos – diga-se de passagem, seu predileto... Toda mãe tem um predileto. Isso porque estava acampada em frente à Prefeitura de São Paulo, reivindicando a posse do Cambridge, moradia de 121 famílias prestes a ser despejadas.

Assim iniciei minha vida como liderança de movimento social: pela necessidade, pelo que me foi ofertado pelo sistema capitalista e egoísta. E sinto que tenho que retribuir ao mundo o que o Movimento Sem-Teto do Centro (MSTC) fez por mim. Foi esse o movimento que me empoderou, me ensinou que todos têm direito a moradia digna, saúde, educação e lazer.

E assim surge meu ativismo pelo direito à cidade e à equidade.

Essa história começa em 24 de junho de 2019, quando fui presa sem ter cometido crime algum. Num desdobramento injusto da investigação sobre o desabamento do Wilton Paes de Almeida, prédio no largo do Paissandu que então era ocupado pelo Movimento de Luta Social por Moradia (MLSM) – do qual não fiz parte –, e a partir de uma carta anônima, *fake news*, enviada via correio ao Departamento Estadual de Investigações Criminais (Deic), o Ministério Público me denunciou, junto com mais dezoito pessoas de variados movimentos por moradia.

Eles sabiam que eu era inocente; segundo a polícia, eu só iria prestar um depoimento e seria libertada. No entanto, foi o depoimento mais longo da história: fiquei 108 dias presa e mais dois meses em casa, sem poder sair em fins de semana nem em feriados – durante a semana, eu podia sair das 6h às 18h. Se estivesse à noite na rua, retornaria à prisão. Era uma prisão domiciliar, que constava em um dos tantos parágrafos do acordo que o Ministério Público concedeu para eu sair da penitenciária e responder ao processo em liberdade, até o dia do meu julgamento, que, segundo meus advogados, ainda será daqui a três anos.

DIÁRIO

Tenho uma ancestralidade forte, um alerta espiritual que me prepara, me protege. E, como o sensor de uma aranha, minha intuição não falha.

Uma semana antes de ser presa, passei todas as minhas senhas de acesso para uma amiga, informei onde estavam todas as minhas documentações, a senha dos meus cartões, e-mails, redes sociais etc. Eu disse a ela que seria presa, minha intuição me alertou quando passei de carro em frente a uma delegacia do Deic. Tive uma visão de tudo, só não sabia quando seria.

Nas páginas a seguir, faço um registro de tudo o que passei durante os dias em que estive presa injustamente.

A prisão não é um lugar fácil. Lá vivi dias terríveis, mas que me ensinaram algumas coisas. Aprendi e amadureci muito. Vi muita gente que se achava superior quebrar a cara.

Eu não desejo para ninguém uma vida em um lugar como aquele. Graças a Deus e a minha mãe, eu sempre soube me virar, desde cedo. Aprendi o que era humildade e a tratar gente como gente. Foi o que me salvou na prisão. Eu sempre acreditei que ninguém é melhor que ninguém, e aqui essa contestação ficou ainda mais viva.

Qualquer pessoa está sujeita a parar atrás das grades: inocente ou culpada, na cadeia, sempre tem um lugar reservado. Na cela especial não tem distinção de cor. Muito pelo contrário. No local onde fiquei, o índice menor é o de mulheres negras. Aqui não existe classe social. Todas têm um número de matrícula e são igualmente chamadas de "reeducandas".

Dia 24 de junho de 2019. Desde essa data, muitas narrativas entraram em minha vida, meu caminho se cruzou com o de outras pessoas, inocentes como eu. Desde esse dia, acredito menos ainda na "justiça" brasileira e passei a crer cegamente na maldade do homem e na inveja.

São histórias ouvidas, de pessoas que existem.

23 DE JUNHO DE 2019, UM DIA ANTES

Marquei de encontrar Monica Benicio em um barzinho para assistirmos ao jogo da seleção brasileira de futebol feminino; ela estava chegando a São Paulo para participar da Parada do Orgulho LGBTQIA+.

Caímos no samba a noite toda, eu estava bem cansada, já vinha virada da noite anterior, aniversário do Suplicy na ocupação, onde fiquei com uns amigos bebendo. Estava de ressaca.

Ligamos para Lua Leça, que estava em Nova York, sem nenhum assunto sério, para jogar conversa fora. Mas lembro suas palavras. Preocupada, me disse:

— Irmã, vai pra casa, se cuida. Quando chegar, me avisa.

Cheguei em casa às 3h da manhã. Monica me deixou na porta, e eu ainda pensei duas vezes, até falei algo como "acho que vou ficar contigo esperando o voo chegar". Desisti e entrei. Se eu soubesse... Esta foi minha última noite.

24 DE JUNHO DE 2019, SEGUNDA-FEIRA

EM CASA

6h da manhã, eu me levanto para ir ao banheiro. Ainda sonolenta, retorno pra cama; ouvi a campainha, mas achei que fosse sonho. Sabe que, por um instante, pensei que fosse a polícia? Dava pra trancar tudo, mas não acreditei que realmente fosse.

Minha irmã Kellen se levanta e retorna ao quarto.

— Preta, é pra você.
— Pra mim? A essa hora? Quem é?
— Uma tal de Soraia.

Abri a porta depressa, e era mesmo a polícia.

Dei bom-dia. Mandei entrar. Estavam em três: dois homens e uma mulher. Tinha um otário com uma arma na mão, parecendo um palhaço de circo – me perdoem os palhaços, sei que a comparação é estúpida.

— Do que se trata? — questionei.
— Mandado de busca e apreensão.
— Pois bem, fiquem à vontade.

Me perguntaram se tinha armas e drogas em casa.

— Se tiver, foram vocês que trouxeram — respondi.
— Acorda todo mundo e manda saírem dos quartos.

O palhaço, aquele com arma na mão, estava interessado na divisão do apartamento, enquanto a mulher se fazia de durona me pedindo documentos.

Entreguei a ela meus exames ginecológicos. Eram os únicos documentos que eu tinha.

Fuçou tudo e levou até meus roteiros de cinema.

— Isso é um roteiro, não tem nada a ver com a ocupação.
— Tem a ver, sim, tem o endereço de lá.
— Você sabe ler cabeçalho?

Ela levou. Levou achando que se tratava de um documento importante. Eu não estava nem um pouco preocupada, não seria eu que pouparia o tempo dela. Por mim, ela podia ler meus exames. A peste, então, pegou até meu *laptop*. Tudo bem. Só estava tensa por minhas

24 DE JUNHO DE 2019, SEGUNDA-FEIRA

músicas, que eu tinha acabado de compor: se houvesse alguma alteração, eu ia ficar puta.

Após pegarem uma mala de mão com documentos – eram documentos antigos do processo em que minha mãe já havia sido inocentada –, eles me conduziram para depor na delegacia. E eu fui de boa, pois não havia nenhum mandado de prisão – e, todas as vezes que fui chamada a depor, fui, sem nenhum problema.

Eles me fizeram ir à casa do Sidney com o mesmo intuito, e, como nós já estávamos de saco cheio desse processo, fomos. Tal qual das outras vezes.

Quando entrei no carro, a primeira coisa que fiz foi mandar mensagem para um grupo de amigas; avisei rapidamente que estavam me levando, só disse que era para o Deic. E eles me olhavam a cada instante para saber o que estava fazendo.

A mulher, com medo, me perguntou:

— Qual é seu orixá, Janice?

— Eu sou de Ogum, e você?

Pensei: "Todo preto é da macumba, né? Tá com medo, por isso a pergunta".

DEIC

Chegando à delegacia, encontro Ednalva e a Chaveirinho, duas companheiras. Eles nos colocaram numa sala para aguardar, e creio que já passava das 10h da manhã quando vi chegarem Elizabeth, que na época era a assistente social da ocupação, minha irmã Lili e minha cunhada Adriana.

Cheguei sem nenhum advogado, mas logo notei uns trinta querendo saber o que havia acontecido conosco.

DUAS HORAS DEPOIS

Vejo minhas amigas e meus amigos na porta da delegacia, que estava lotada de gente do movimento, da imprensa. Virou um furdunço. Andrea Lanzone e Marina Piotto, minhas amigas pessoais, foram as primeiras a chegar, bem cedo, ainda não havia ninguém em frente à delegacia.

24 DE JUNHO DE 2019, SEGUNDA-FEIRA

Dois policiais me acompanhavam enquanto eu fumava, então ficamos os quatro lá fora conversando e eu dizendo a elas que logo sairia.

Ouvi as pessoas gritando "Preta livre". Me encontrei com Gadú, Ana Cañas e Chico César, bem rápido; pedi para ir ao banheiro, e a Marina – que amiga! – foi chamá-los para me ver. Eles estavam ali me apoiando, sabiam que eu era inocente, e nós sabíamos o que estávamos vivendo.

Todas as vezes que pedia para ir ao banheiro, um policial me acompanhava, e, quando o povo me via, começava a gritar meu nome. Às vezes eu nem tinha vontade de usar o banheiro, era só de sacanagem mesmo (risos). Já estava cansada de ficar naquela salinha o dia todo. Na época, eu fumava, e eles não me deixaram fumar do lado de fora por medo de eu fugir ou de o povo me levar. Fui a uma laje da delegacia.

Mandaram eu tirar o cadarço do tênis, pegaram meus documentos. Entreguei para minha irmã minha correntinha e meu anel, fiquei só com a roupa do corpo.

Os policiais queriam aparecer, achando que tinham pegado alguém importante. O delegado se mostrando mais ainda. Todas as vezes que eu olhava aquele homem, sentia nojo. Acho que ele até pensou em ficar famoso. À minha custa.

Chamou coletiva de imprensa, mas assinou um cheque em branco, pois, quando lhe perguntaram sobre as provas, não tinha resposta, dizia que o processo ainda estava em sigilo. Na verdade, ele estava atrás de testemunha. "Testemunha protegida", que todos sabem quem é, pois ela não deixou nada a esconder. Esse vídeo está na internet, o do mico do delegado.

Só sei que, no fim da tarde, o tal delegado pediu nossa prisão preventiva por cinco dias. Eu ia ficar presa até sexta-feira, 28 de junho. Estava confiante de que sairia, pois não devia nada e tinha a consciência tranquila.

Fomos ao IML fazer o exame de corpo de delito, e o médico nem examinou, parecia ter medo dos policiais. No trajeto até lá, eles não paravam de falar coisas sem nexo: "Aquele artista, aquilo… aquele artista, isso…"; "olha, eu sou cantor"; "quando você sair, me contrata?".

24 DE JUNHO DE 2019, SEGUNDA-FEIRA

Se vocês soubessem minha cara nesse momento...
Abriram os vidros da viatura para eu fumar, me deram cigarro, até comentaram sobre o aumento de seguidores em minhas redes sociais. Nossa, "que amigos", vou levar pra sempre em minha vida.

Fomos levados para o 89º DP, no Morumbi, que era um "bom lugar" diante dos locais terríveis que ficamos, adiante vocês verão. Lá conhecemos Keila e Andreia, com quem só tivemos contato na parte da manhã.

Quando estava na viatura, me preocupei: "Nossa, ferrou. Vou ficar presa com várias mulheres amontoadas, várias criminosas, e nem sei como vou fazer, o que vou fazer".

Ficamos em lugar reservado para quem tem nível superior, menos mal. Mas do outro lado havia umas manas barras-pesadas, nossa, tipo da Cracolândia. Lá acontecia uma espécie de trânsito, durante a noite toda não parava de chegar gente.

Nas primeiras noites, nem dormi, mesmo estando em "cela especial". Não tinha como. Além do barulho que as manas do outro lado faziam, eu estava muito preocupada. Nessa primeira noite, nossos amigos levaram cobertores, roupas e comida. O carcereiro disse que não ia entregar mais nada.

— Só chegam amigos de vocês... Não vem um parente?

Fiquei em silêncio, recolhi as coisas e agradeci. Voltei pra cama.

89º DP

Ainda jurando que sairia na sexta-feira, 28 de junho, muito confiante – não na justiça, lógico, muito menos na polícia –, conheci as meninas com mais calma, trocamos casos.

Ouvi uns gritos na porta da delegacia. Eram meus amigos, artistas, povo preto, LGBTQIA+, todo tipo de gente para me apoiar. Me deram bom-dia, boa-tarde e boa-noite. Acamparam em frente à delegacia, me mandaram cartas, flores, bombons. Nunca pensei que fosse tão querida. Fiquei muito emocionada.

Recebi visitas de advogados e outras pessoas: dr. Vitor Marques, dr. Vinicius Cascone, dra. Amanda Cayres, dra. Luciana Bedeschi, Suplicy, enfim, muita gente para ajudar. O povo não parava de chegar, de mandar comida. Nem tinha mais espaço. E eu sempre repartia com as manas que chegavam e iam para o outro lado, eu dividia tudo. Eram noites frias, então, como eu sempre ganhava cobertor, dividia com elas. Nada mais justo.

Certa noite, chegaram duas. Presas por tráfico. Nós ganhamos de amigos feijoada para o jantar, oferecemos, e elas, orgulhosas, recusaram. Disseram que não comiam qualquer coisa. Eu nem respondi, não iria me indispor nem, muito menos, brigar. Até aí, tudo bem.

Chegaram mais duas. Duas mulheres em que se notavam o desprezo e a vida sofrida. Ofereci a feijoada, e elas aceitaram. Dei também meias, cobertor e uma roupa pra se banharem. As duas que recusaram acharam que aquela marmita que dei fosse da delegacia.

Ouvi elas gritarem "tô com fome, senhor!" e levarem uma dura do cara, que havia me visto oferecer. Quando elas abriram a marmita e viram que era diferente, não sabiam o que fazer. Tiveram que comer, pois estavam na frente do guarda. Espero que tenham aprendido a lição do dia: *a soberba só te fode. Independentemente do lugar, seja humilde.*

Dois dias antes de eu partir, chegaram quatro mulheres, das quais três pertenciam ao mesmo caso e a outra já estava acostumada com a vida de prisão. Uma senhora de oitenta anos, uma de cinquenta e duas jovens, entre elas a Daiane, que era inocente – mais uma pagando por um crime que não cometeu. Ainda vou contar mais sobre ela.

Ficamos no 89º, e o advogado disse que a juíza iria nos liberar na sexta. Um dia antes de pedir nossa prisão preventiva, já estava tudo armado para nos sacanear.

Perguntei se não era necessária a presença dos advogados, ele disse que não, que eram documentos comuns para a libertação. Fiquei olhando pra cara dele e do policial que o acompanhava, vi o cinismo no sorriso sarcástico. Ele tinha dois celulares em mãos, e percebi que não paravam de chegar mensagens em um deles. Ele até perguntou para o que o acompanhava: "Veja com eles se já podemos pegar, se já está liberado".

25 DE JUNHO DE 2019, TERÇA-FEIRA

Quando olhei desconfiada, o que acompanhava me disse:
— A gente não tá aqui pra te foder, vamos te tirar desse lugar.
Não sei explicar, sou leiga em alguns casos, mas os dois tinham tanto ouro no pescoço e nos dedos que até doíam os olhos. Fico a me perguntar: o salário de um policial cobre tudo isso? O que lhe faltava de ética e moral sobrava de ouro. Não sei como o pescoço não doía com tanto peso.
Eles praticamente chegaram com tudo pronto e nem me deixaram ler o documento, já foram me dando a caneta pra assinar. Fizeram o mesmo procedimento com Ednalva e Chaveirinho.

Quase esqueço. Na noite anterior, chegou uma velhinha de 85 anos, dona Joana. O policial que a levou disse que ela havia matado a mãe e que era pra cuidarmos dela, que era louca.
Ah! Já ficamos com medo. Olhamos pra ela e a vimos frágil, magrinha, quase não aguentava andar, porém bem lúcida e muito educada.
Pegamos o colchão e fomos dormir juntas. Cinco mulheres dormindo numa cela, com medo da velha louca. Nessa noite, não consegui dormir. Nem eu nem a Keila. Uma de nossas companheiras roncava muito, muito mesmo. Dava pra ouvir do outro lado. Pegamos o colchão de novo e fomos dormir com a velhinha. Dormimos juntas na mesma cama, de valete.
No dia seguinte, elas acordam no outro quarto nos procurando, já desesperadas achando que a velhinha havia feito algo ou que tinham me levado dali. A velhinha, sem perceber o que acontecia, agradeceu por termos dormido com ela.
— Viemos dormir aqui pra não deixar a senhora sozinha — eu disse.
Keila me olhou e riu. Fui conversar com a velhinha pra entender o que havia acontecido. Ela realmente era um doce de pessoa, uma educação à moda antiga.
Dona Joana era filha única, nunca havia se casado, não teve filho e morava só. Sua mãe, uma idosa que recebia seus cuidados, tinha câncer e estava bem ruim de saúde. Elas moravam juntas, e cada uma dormia em um quarto. Durante a madrugada, dona Joana ouviu um barulho

e correu pra ver o que havia acontecido com a mãe. Ao chegar ao quarto, encontrou-a já desacordada, morta.

Quando ela caiu, o câncer explodiu e se espalhou. Isso ocorreu em 2005. Como dona Joana era filha única e herdara todos os bens dos pais, suas primas mais novas a acusaram de tê-la matado. Elas entraram com uma ação para interditar dona Joana, dizendo que ela tinha matado a própria mãe para ficar com tudo.

Dona Joana conseguiu provar sua inocência naquela época, e o caso foi arquivado. Quinze anos depois, as mesmas primas entraram com outra ação contra ela e pediram para interná-la como louca.

Ela foi presa para a "justiça" conseguir um laudo atestando sua insanidade – tudo isso devido à ganância das primas, que queriam ficar com seus bens.

Conheci também Thânia, moça de 22 anos com um filho de 2 meses. Essa história é barra-pesada demais.

Thânia é do Rio Grande do Sul, linda, loira, cabelos longos. Veio para São Paulo foragida, a mando de seu advogado, um pilantra que tem que ser caçado.

Ela andava com uma turma de adolescentes traficantes. Começou a usar drogas com uma amiga que lhe apresentou esse grupo. Um dia, essa amiga a chamou para encontrar a turma, e ela foi – nada fora do comum. Eles estavam andando no meio do mato quando uma pessoa da turma a puxou para outra direção e disse: "Você não precisa ver isso".

Ela, sem entender, seguiu com essa pessoa. Então ouviu a amiga gritar: "Para, pelo amor de Deus!". Não entendeu e foi embora.

No dia seguinte, soube da morte de sua amiga, foi à delegacia e entregou os "amigos". Estes ficaram com raiva por ela entregar tudo à polícia e a envolveram no crime.

Thânia arrumou um advogado que supostamente a defenderia. Em sua casa, não havia figura paterna, só ela e a mãe. Esse advogado violentou Thânia e disse que, se ela o denunciasse, ele a prejudicaria ainda

25 DE JUNHO DE 2019, TERÇA-FEIRA

mais e ela passaria o resto da vida na cadeia, disse que era melhor ela fugir para São Paulo.

Esse caso aconteceu em 2015, quando ela tinha apenas dezessete anos de idade. Após todos esses fatos ocorridos, ela se mudou com a mãe para São Paulo, conheceu um jovem, os dois se apaixonaram, se casaram e tiveram um filho.

A ex-namorada desse jovem, porém, começou a pesquisar a vida de Thânia. A moça trabalhava em uma operadora de telefonia como atendente de telemarketing, conseguiu os dados e descobriu que Thânia estava sendo procurada e, então, a denunciou para seu ex-namorado, que, porém, já sabia da situação. O rapaz jurou amor eterno, falando que a protegeria e que não deixaria nada de ruim lhe acontecer. Não sei vocês, mas eu sei como esse tipo de homem age.

A ex, ciumenta, detetive de operadora de celular, disse ao rapaz que, se ele continuasse com Thânia, iria denunciá-lo junto, dizendo que ele escondia uma fugitiva.

O cavaleiro de armadura pegou seu cavalo branco e abandonou Thânia e o filho. Disse que não iria se prejudicar por causa de uma criminosa.

Thânia foi presa, e seu bebê ficou aos cuidados de sua mãe.

Eu me revoltei ainda mais com os homens. A velhinha só chorava, Thânia também, mas as duas ouviam nossos conselhos. Eu prometi ajudá-las; mesmo sem saber como, tinha certeza de que o faria.

Um dia a mãe de Thânia levou o bebê para ser amamentado; nesse mesmo dia, recebi a visita do Suplicy. Ele entrou na cela, apresentei todas elas e logo pedi ajuda. Expliquei o caso das duas, ele anotou os dados e o telefone do advogado de Thânia. Da dona Joana, o guarda passou outras informações, já que ela não tinha ninguém da família pra ajudar.

Moral dessa história: as duas estão em casa, sãs e salvas, graças a Deus. Mesmo presa, consegui ajudar. Agora espero fazer mais e mais disso, é gratificante.

28 DE JUNHO DE 2019, SEXTA-FEIRA

89º DP

Vou me lembrar desse dia de ferro pra sempre.

Ainda estávamos no 89º aguardando respostas sobre nossa saída. Em frente à delegacia, muita gente nos esperando. Gritaram meu nome diversas vezes. Empolgados, esperando minha saída. O delegado de plantão até disse que eu poderia me candidatar – mais um "engraçadinho" da lei.

Achei que fosse sair naquela noite, pois já havia completado cinco dias de temporária. Me preparava pra dormir, por volta das 20h, quando a dra. Amanda chegou, ofegante, e me disse:

— As notícias que trago não são nada boas. A juíza pediu a prisão preventiva de vocês, alegando que uma testemunha apareceu.

Na acusação, a "testemunha" diz que uma pessoa chamada Aparecida soltou a seguinte frase: "Veronica, a filha da Carmen está presa por sua causa, eu vou falar pra ela que você está aqui, ela vai te fritar!". Isso consta no processo, motivo de minha prisão temporária.

Não entendi até agora como fofoca pode ser aceita como prova pra prender alguém. Na frase, onde está minha participação? Onde está o crime que cometi? É impossível, né? Não. Aqui no Brasil, é possível, sim, e sou prova disso.

Para mostrar serviço, um policial queria me algemar, um dos que se fez de "amigo", o mesmo que informou no dia da prisão a Michelle Abu, uma amiga muito especial, onde eu estava e pediu pra ela me levar um cobertor. Perguntei a ele qual era a necessidade disso, se ele ganharia uma medalha de honra ao mérito. As meninas que ficaram choravam tanto... Keila, nossa, chegava doía ver ela desabar daquele jeito; ela me abraçou tão forte, ela tinha esperança em nós.

Levaram as três para fazer exame de corpo de delito, me colocaram em uma viatura sozinha. As duas, Angélica e Ednalva, foram juntas.

Quando saí, vi meus amigos, ouvia vários gritos: "Preta livre!", "Preta, eu te amo!". Acenei pra eles de longe. Quando passei na viatura, vi as pessoas tristes chorando, gritando meu nome; eles aceleraram com

28 DE JUNHO DE 2019, SEXTA-FEIRA

o carro, mas, ainda assim, consegui distinguir a cara de alguns rostos conhecidos, como o dos amigos Flavia Gianini, Marlene Bergamo e Gabriel Rodrigues.

    A viatura cheirava a álcool e cigarro, os policiais não paravam de falar, pareciam estar fora do estado comum, teve um que até filmou a outra viatura e fez uma montagem com uma música dos Racionais Mc's. Ele me mostrou. Outro me pediu pra cantar. Fiquei em silêncio. Outro disse que precisava nos levar o mais rápido possível, pois queria transar. Esse mesmo me disse: "É, fia, agora você tomou no cu".

    Continuei calada ouvindo os "homens de lei" falarem.

    Chegamos ao Deic por volta das 22h, encontro o Sidney e dou um abraço apertado nele. Tadinho. Estava achando que ia pra casa quando eu lhe disse:

— Estamos presos, irmão.

O bicho deu um pulo, incrédulo.

    Um dos policiais me ofereceu água, aceitei. A geladeira lotada de cerveja, em cima da mesa também, várias latinhas. Parecia que eles tinham dado uma festa. Agora sei de onde veio o estado alterado.

    Vi minhas coisas amontoadas em um canto. A que foi em minha casa fez questão de sair da sala pra me ver. Peguei meus roteiros e disse:

— Esse roteiro serviu como provas?

— Não, mas no seu *notebook* deve ter.

— Sim, lá eu deixei tudo o que me incriminaria. A propósito, onde está?

— Só liberamos daqui trinta dias.

— Como vocês são competentes.

Nos levaram para a cela, ou melhor, para o chiqueiro. Eu nunca vi em toda a vida um lugar tão sombrio e escuro, parecia *Jogos mortais*, uma mistura de necrotério, uma espécie de desova humana. Ninguém merecia passar por aquilo. O banheiro era um buraco no chão, a descarga era do lado de fora, nem dava para alcançar.

    Aquele lugar não tinha condições humanas, era sub-humano, uma imundice, um mau cheiro inesquecível. O lugar que colocaram o Sidney, pior ainda.

28 DE JUNHO DE 2019, SEXTA-FEIRA

Deixaram a gente dormindo no chão, sem nenhuma condição, passamos três dias no inferno, três dias sem água, pois não nos deram, disseram que a água era da torneira, três dias sem ver a luz do dia, três dias sem comer, três dias sem banho, três dias sem dormir.

O desgraçado do carcereiro levou um pão duro, pegou com aquelas mãos imundas e colocou em cima das grades. Quem em sã consciência comeria aquilo? Não dava pra encarar, não.

Fizemos uma "limpeza" com o que tínhamos; eu tinha um pouco de xampu, joguei no chão, liguei a torneira e deixei a água correr. Eu e Ednalva conseguimos, ao menos, deixar o local com um cheiro minimamente melhor.

Eram três carcereiros. Um pior que o outro. O menos pior nos deu uma garrafinha de água quando viu Ednalva passando mal. Nesse momento, ele viu que poderia assinar um B. O. e logo tratou de pedir ajuda. Chamou até o Grupo de Operações Especiais (GOE) pra levá-la ao hospital. Ela tem pressão alta, estava havia três dias com fome e com sede, e ele não iria assumir essa.

Os carcereiros pareciam personagens de filmes de terror e desenho animado. O da sexta parecia um coveiro: um ano para abrir os cadeados. O do sábado, Frankenstein. Esse foi o menos pior. O do domingo era o Corcunda de Notre-Dame. Esse era o pior de todos, gritava bem alto pra ver se respondíamos algo.

— Ainda por cima tem nível superior? Tem que se foder mesmo, esse pessoal do PT tem que apodrecer.

Nota-se o crime que cometemos: escolher um lado da história. Isso chama-se crime político.

Continuei em silêncio; em pensamento, Corcunda foi o nome mais bonito de que xinguei aquele homem.

Pensei: "Esses caras, velhos, mancos, já devem ter matado muita gente, tomando vários tiros, por isso ficam deformados dessa forma; aí, como não podem ser mandados embora, são desovados aqui. E ficam assim, amargurados, com o coração velho e solitário".

28 DE JUNHO DE 2019, SEXTA-FEIRA

Lembro que recebemos a visita do dr. Lucio França e dr. Alexandre Maciel, no domingo, último dia naquele inferno. Quando os carcereiros viram os advogados, mudaram rapidamente o modo de nos tratar. Dr. Lucio me mostrou através das grades um vídeo em seu celular, um show da Luedji Luna em que ela pedia nossa liberdade. Era um show fora do Brasil, e ela esticou uma faixa com nosso nome. Foi emocionante ver aquilo, mas desesperador também. Imaginei: "Pra esse povo falar nosso nome em um show internacional é porque o negócio tá feio lá fora.

Dr. Lucio me disse:

— Você vai para um presídio onde tem gente com nível superior, já colocamos seu diploma no processo.

Mas não foi para onde fomos levados.

1º DE JULHO DE 2019, SEGUNDA-FEIRA

CDP FEMININO DE FRANCO DA ROCHA
Fomos transferidos. Não sabíamos aonde estávamos indo, mas, pelos documentos recolhidos de nossos advogados, acreditávamos ser para a penitenciária de Sant'Ana – além de ser perto, tínhamos nível superior.

Eles me algemaram com as mãos para trás e algemaram Angélica e Ednalva juntas.

O "da lei", que se fez de amigo e queria me algemar no 89º, apareceu na hora com um papel para eu responder a umas perguntas. Perguntou se eu me arrependia do que fiz e quase não conseguiu me encarar quando olhei nos olhos dele. Ficou com vergonha.

— Não tenho nada do que me arrepender, não cometi nenhum crime, sou inocente.

Na manhã foi a última vez que vi o Sidney.

Quase duas horas de viagem naquele camburão apertado, nós três juntas. Os caras não tiveram a decência de ligar o ar-condicionado, Ednalva passou muito mal, pedimos pra parar, pedimos água e eles disseram: "Respira". Só devolveram os remédios quando chegamos a Franco da Rocha.

Ficamos ainda umas duas horas dentro da viatura, aguardando pra entrar.

Eram três policiais. Um gordinho, que ajudou bastante, nos deu água e o remédio da Ednalva. Disse que tinha a mesma coisa que ela. Os outros dois se achavam. Caçoavam do gordinho o tempo todo. O gordinho ficava até distante deles de tanto constrangimento.

— Por que estamos aqui, se temos nível superior? — perguntei.

— Ordens do delegado.

Aquele homem cruel, mentiroso, nos fez passar três dias de horror e ainda nos mandou pra um lugar distante de nossos familiares, mesmo sabendo que temos nível superior. Sim, nossos advogados somaram os diplomas ao processo.

Até aquele momento, eu ainda estava um pouco desacreditada. Eu me lembro de ter chorado muito no carro, mas não de medo ou tristeza;

1º DE JULHO DE 2019, SEGUNDA-FEIRA

eu queria de verdade punir todos os culpados, eu queria ver eles passarem por tudo o que passei, todos mentirosos e caluniadores.

Jurei a mim mesma que lutaria para provar minha inocência. Jurei que essas pessoas que nos fizeram essa maldade pagariam judicialmente e iriam para a cadeia, pois são as verdadeiras criminosas.

Havia dias em que eu me sentia muito triste, então escrevia poemas e músicas que não queria perder da memória; adicionei a este livro como forma de uma suave escapatória para tantas tristezas e descaso do governo. Ao longo da leitura vocês verão essas e outras lembranças de meus dias.

Não criem super-heróis, criem revolucionários com nível superior; o sistema não tem força contra a educação. Mais vale um revolucionário instruído que um doutor corrupto que trama contra pobre inocente.

Precisamos tornar o mundo um lugar melhor, contribuir para que a fraternidade e o amor sejam padrão de vida humana e estimular a compreensão de que as riquezas estão ao alcance de todas as pessoas.

Não serei eu a me fingir de morta enquanto a injustiça bate a minha porta, é de lutas e provas que se faz um vencedor.

De minha janela com grades azuis vejo os pássaros livres, oro a Deus para que um dia eu também possa voar e lugares mais altos alcançar.

Aplausos para os revezes que sofri, eles me ensinaram a lição que agora entendi.

As lágrimas derramadas me lavaram do ódio.

Aos que me ofenderam, crucificaram, jogaram pedras, desejo sorte. Eles me ensinaram o caminho da tolerância.

Aos que acreditaram em mim, até mesmo nas horas duvidosas, um brinde, foi por vocês que eu prossegui.

Eles mandaram eu abaixar a cabeça, e eu não abaixei.

Na solitária, a solidão foi companheira, mas eu fui guerreira.

1º DE JULHO DE 2019, SEGUNDA-FEIRA

Palmas às pessoas amadas e de boa-fé que me acudiram quando eu mais precisei e menos útil fui!

Palmas às verdades engrandecedoras do meu saber e às mentiras que descobri.

Onde estiver, o que estiver fazendo, passando, pense no futuro, nos frutos que colherá, suas atitudes são como o relógio.

As horas voltam.

Nem todo sofrer vai lhe fazer mal, ele pode vir pra lhe fortalecer.

Frutos bons só podem advir de árvores boas. Seja uma, então. Assuma sua dignidade e sua grandeza, ponha para fora a vontade, sem fazer mal a ninguém. Vá.

Não se trata de revolução feminina, e sim de evolução.

10 DE JULHO DE 2019, QUARTA-FEIRA

PENITENCIÁRIA FEMININA DE SANT'ANA
Vejo os pássaros livres através das grades e brinco em suas asas, brinco no vento que bate nas folhagens como se dançasse valsa, crendo que, em outra hora, lugares altos alcançarei.

No lugar mais frio, encontrei amor, sorrisos e abraços dados por pessoas que não tinham nada, as mesmas que tiveram a vida destroçada; elas sabem o peso do dedo apontado na cara.

Num derradeiro instante descobri que o céu mora dentro de mim, arrumei tempo pra sorrir o riso que soa como música para a alma, que me traz calma.

No âmago do meu ser tem amor, deixei para trás o sofrimento, a dor e o rancor. Joguei fora meus conceitos e preconceitos. Eu me reinventei.

Fique atento para ouvir e lento para julgar, pois toda mentira morre por si mesma. Seja complacente com os fracos de caráter, não ande no caminho dos perversos, siga em frente. Eles não conseguem dormir enquanto não fizer alguém cair, eles comem o pão da maldade e bebem o vinho da violência, tendo a certeza da impunidade.

Só se esqueceram de lhes informar que o mundo pertence aos audazes, aos curiosos e aos inconformados

A primazia é contemplar o azul-celeste, o brilho das estrelas, a luz da lua, e desfrutar a liberdade.

Que possamos ser livres. Nos temos.

Eu te amo.

Lua Leça. Fiz esse poema pensando em Lua, que sempre me inspirou a escrever.

10 DE JULHO DE 2019, QUARTA-FEIRA

CELA 22 – PENITENCIÁRIA FEMININA DE SANT'ANA
Nasci na República racista e elitizada, onde posso ser alvo de catorze tiros (como Marielle Franco), oitenta tiros (como Evaldo Rosa) e ser presa por lutar por direitos constitucionais (como Preta, Sidney, Ednalva, Angélica).

O que temos em comum? A cor da nossa pele, a falta de oportunidade e a escravidão que nos acompanha desde a invasão portuguesa a essas terras. O racismo virou câncer no Brasil.

ESSES DIAS NO INFERNO
Hoje pela manhã recebi a visita de dois advogados, Beto Vasconcelos e Augusto de Arruda Botelho, e achei que as notícias seriam boas. Só achei. Soube que pagarei durante mais algum tempo por um crime que não cometi. Justiça desgraçada, mentirosa, prende inocente e deixa criminosos de colarinho branco na rua.

Meu único crime foi nascer mulher, preta e pobre num país racista, machista, elitista e seletivo. Não aceitar a injustiça de um desgoverno que age contra pobre.

Sigo na certeza de que cada luta travada me diz que estou no caminho certo, de que nasci pra combater os opressores, de que minha luta não é em vão.

Que possamos criar pessoas instruídas, evoluídas, menos super-heróis, eles morrem alvejados e são presos injustamente.

11 DE JULHO DE 2019, QUINTA-FEIRA

17h. Vou fugir para o Quilombo, lugar de paz, de amor, onde opressores não entram, nosso detector de maldade barra na porta.

Quem dera essas palavras fossem para agora, mas continuo presa, trancada na "minha" cela especial número 22. Aqui, às 17h, eles já te dão boa-noite e desejam bom descanso! Oi? Descanso? Eu nem fiz nada o dia todo, tô cansada de quê? Eles não sabem quão difícil para mim é ficar sem fazer porra nenhuma, logo eu, que sempre fui proativa, fazia mil coisas ao mesmo tempo.

Aqui fico procurando o que fazer, ajudo a Rafa na faxina, lavo roupa todos os dias, converso com todas, vou me virando, e as horas não passam.

Ah! O dr. Vinicius Cascone veio me visitar hoje, cheiroso, simpático e com o coração gigante. Falei pra dona Regiane que me casaria com ele. Regiane é a guarda que me acompanhou, ela disse que a união está aprovada, é só esperar o tempo de responder. Quem sabe, né?

23h. Esta prisão parece um navio negreiro com seus escravos acorrentados no porão.

Quando lia sobre isso nos livros de história, eu me revoltava e, ao mesmo tempo, achava que esse tempo não voltaria nunca; por ironia do destino, descobri que tem volta ao presente, ao passado e ao futuro. Nada mudou, só o ano.

Aqui estou eu, presa num futuro que fizeram pra mim, tipo as mentiras que eles contavam na escola, na aula de história.

— Quem descobriu o Brasil?

— Descobriu ou invadiu? — Um puxão de orelha logo levei.

— Essa menina acha que sabe demais — disse a professora.

Desde então, intrigada fiquei. E me perguntei: "Onde foi que eu errei?". Descobri que acertei. Minha curiosidade tinha fundamento.

Quem sabe não foram os espíritos dos antepassados, de Dandara, entre outras.

Só sei que escrevo meu futuro com a caligrafia da minha bisavó. Essa, sim, sabe o que tô passando. Foi assim com ela quando fugiu do Quilombo.

11 DE JULHO DE 2019, QUINTA-FEIRA

Me aguardem, estou voltando.

Criaram um mártir achando que estavam me calando.
Quinze dias de injustiça, de mentiras, e ainda querem me silenciar.
Sempre soube que o sistema era hipócrita e seletivo,
mas doeu mais quando senti na pele; é insuportável
saber ser inocente e pagar por ter nascido.

Vai ter festa no Quilombo, festa pra celebrar
a nossa importância, a nossa força.
Já que não podem nos matar, nos prendem.
Ainda acham que somos escravos.
Ainda acham que devemos nos curvar e aceitar migalhas.
Aqui, não. Chega. Se o sistema não mudar, eu mudo o sistema.
Eu vou te criar problema.
Me mandaram abaixar a cabeça, e eu não abaixei, eu revolucionei.

A nossa união em massa vale mais que a
verdade dos mentirosos de colarinho.
Eles nos querem leigos para continuar usurpando o que é nosso.
Nos servem seus restos em bandeja de prata e, no fim, nos armam
emboscadas propiciando suas altíssimas condições de vida.
Não posso aceitar que os cachorrões comam à mesa e os filhos
dividam com os cachorrinhos as migalhas que caem no chão.

Como o passado vem se repetindo ao longo dos tempos, quanta gente
preta que luta por justiça social e igualdade vai presa ou morta... Vamos
pesquisar para ver quem são esses heróis, nacionais e internacionais.

12 DE JULHO DE 2019, SEXTA-FEIRA

RELEMBRANDO FRANCO DA ROCHA

Quer saber quando tive a certeza de que estava presa? Quando a ficha caiu mesmo?

Lá em Franco da Rocha, quando me deram aquele uniforme horrível e me fizeram passar pela máquina de raio X. Sem roupa, tive que agachar três vezes de costa, três vezes de frente.

Quando deparei com aquela roupa, os olhares e o tratamento das "senhoras" sobre mim, desabei no choro. Não era tristeza, e sim revolta. Ódio em saber que não havia cometido nenhum crime, mas estava pagando. Aqui pensando, elas nos mandam abaixar a cabeça e chamá-las de senhora… Que espírito de senhoras feudais, rastros de uma escravidão que não acabou.

As lágrimas que caíam lembraram-me daqueles desenhos animados em que a formiguinha foge da grande gota de chuva.

"Caralho, fodeu! Eu tô presa, velho. Não fiz nada e vim parar nesse lugar."

Uma funcionária me disse:

— Você já esteve presa aqui comigo, né?

— Não, senhora. Nunca fui presa, estou aqui por engano.

Estava na companhia de minhas companheiras Ednalva Franco e Chaveirinho. Colocaram a gente com umas presas da pesada. Havia dez quando chegamos, mas o total eram 23.

Elas já estavam de saída para ir "junto da população". Eu nem sabia do que se tratava, mas me fiz de entendida. Não sou besta de bancar a inocente e me ferrar mais ainda. Elas logo perguntaram:

— O que vocês fizeram para estar aqui?

Quando se chega ao presídio, essa é a primeira coisa que perguntam, cada crime uma sentença. Lá dentro tem julgamento também.

Respondi explicando sobre o movimento de moradia.

— Vocês nem têm cara de bandida, não sei o que estão fazendo neste lugar — disse uma delas.

De repente a cela fica livre para nós três. Do nada, chega mais uma, Valeria, também inocente. O caso dela é o mesmo da Daiane, aquele que o chefe colocou todos os funcionários no 171 da empresa.

12 DE JULHO DE 2019, SEXTA-FEIRA

Na cela tinha uma torneira de água gelada que eles diziam ser o chuveiro. Me lavei correndo e coloquei a roupa sobre o corpo molhado, não tinha toalha, não tinha lençol. Logo em seguida, chega uma comida horrível, nem sei descrever. Só comi o ovo, já estava havia quatro dias sem comer e não poderia dar a eles o gostinho de me verem morta.

Segundos depois, a guarda me troca de cela. Indaguei:
— O que está acontecendo, senhora?
— A ordem veio da direção. Vocês vão trocar de cela.

Oxe. Uma cela só nossa, banho quente e tratamento amoroso das funcionárias? Acho que já sabem quem somos.

Dona Ana, a funcionária da casa, aquela que me perguntara se eu já tinha estado presa com ela, do nada mudou seu jeito de agir, com medo de que contássemos ao diretor algo sobre ela. Dona Vilma, presa que fazia a limpeza do local, sempre nos tratou bem. Antes de saber quem éramos, nos ajudava bastante dando produtos de higiene, cobertores, meias. Era um anjo. Sempre escondido, lógico.

Tinha uma funcionária que se achava, toda hora soltava uma piada para mim pra ver se eu caía em suas provocações; e eu abstraía, fingia demência. Pra mim, ela não tinha valor nem serventia. Ela ouvia minhas músicas no volume máximo, só pra ver minha reação. Levantei a sobrancelha, entortei a boca e entrei na cela. "Você pra mim é problema seu", pensei.

Ainda tinha que colocar as mãos para trás, baixar a cabeça, chamar de "senhora". Eu pensava: "Uma peste ignorante dessas…".

Pior foi quando o diretor mandou me chamar para uma conversa. A bicha pegou ar, tinha que me tratar bem, banho e sol, água quente para me banhar. Entrei na cela, e ela mandou voltar:
— Pede licença.

Olhei nos olhos dela e disse:
— Com sua licença, querida senhora.

Tomei banho quente sob a supervisão de uma mulher insuportável, parecia sentir inveja de mim.

12 DE JULHO DE 2019, SEXTA-FEIRA

Passei cinco dias naquele lugar triste, frio, escuro, comendo o pão que foi amassado. Até que o diretor me chama mais uma vez. A secretária, antes áspera, agora uma doçura, me ofereceu até pipoca. Encontrei o diretor.

— Então, você será transferida amanhã para o presídio de Santana. Você vai para uma cela especial, pois tem nível superior. Foi pedido de seus advogados, você não pode ficar mais aqui.

Eu não queria abandonar as outras, mas tive que pensar em mim, na minha família, nos amigos e na facilidade de notícias e visitas. Nessas horas não dá pra pensar em ajudar os outros primeiro.

No dia seguinte, vim de bonde. Coisa feia, nunca pensei em passar por isso, umas manas cabulosas. Já estavam acostumadas com aquela vida.

Faltou ar, faltou lugar pra me sentar. Fechei os olhos. Imaginei que estava em outro lugar, fui orando pai-nosso até chegar ao destino final: *Penitenciária Feminina de Sant'Ana*.

Éramos em trinta mulheres do sistema prisional. Dei graças a Deus por ter ido embora, porque eu sabia que aquela funcionária queria me foder e nunca fui de levar desaforo pra casa. Deus sabe o que faz.

Vim de bonde para Santana, e os funcionários logo viram que eu não era bandida. Uma comentou:

— Essa daí é a que foi presa por causa de política?

— Quem vai preso por causa de política? — indagou o outro.

— Ela é do PT.

Guardei meu ódio em silêncio, mas se vocês soubessem o que passava em minha mente naquele momento...

Santa foi o nome divino de que xinguei aquela mulher.

13 DE JULHO DE 2019, SÁBADO

BONDE DE FRANCO DA ROCHA PARA PENITENCIÁRIA FEMININA DE SANT'ANA

Entrei naquele carro apertado com umas dez mulheres, todas cientes de seus crimes, algumas dizendo que nunca mais fariam nada de errado, outras se vangloriando de suas ações, como se concluíssem uma pós-graduação.

Começaram a perguntar de que raio cada uma vinha, até que chegou minha vez. Raio é o nome que se dá ao pavilhão. E pra explicar que eu não tinha ido pra nenhum raio? Como explicar que estava indo pra Santana, justamente, pra ficar em "cela especial", separada das demais?

Respirei fundo, dei uma de desentendida, falei sobre a queda do prédio, que me levaram para Franco por engano, que por isso estavam me transferindo pra Santana. Ufa.

Ao chegar a Santana, passamos por outro raio X, outra revista. Peladona – aff, que raiva. Eu nem sabia o que ia encontrar pela frente, estava com um medo da porra, porque a gente vê muitas coisas na TV.

Colocaram trinta em um quartinho com um colchão e um banheiro. As mulheres se abraçaram, rindo:

— Te conheço de algum lugar, você já ficou presa comigo.

Havia uma alegria, parecia que estavam indo a um churrasco. Eu me encolhi num canto. Fiquei na minha. Chegaram os bandecos (marmitas), as manas todas em cima, que nem umas loucas, e eu continuei na minha.

— Cê num vai comer? — me perguntou uma delas, terminando de comer. O interesse não era em saber se eu estava com fome, era pra comer minha parte.

— Fica à vontade — respondi.

Ela comeu aquela comida horrível como se o mundo fosse acabar. Do meu canto, eu observava, em silêncio.

Na hora de separar para ir para os raios, as mais "experientes" – assim posso me referir a elas – já sabiam para onde ir; eu, em silêncio contínuo, esperei a guarda me chamar.

13 DE JULHO DE 2019, SÁBADO

— Pega seu "kit" e colchão e vem comigo. Você vai pra cela especial.

Naquela hora, pensei que elas, as outras presas, achariam ruim; mas, para minha surpresa, elas ficaram felizes.

— Isso aí, você tem que ir, você é estudada. Eu estava quase terminando a minha, só parei por causa desse desgraçado que meteu esse B. O.

Acho impressionante como a maioria das mulheres com que conversei sobre seus crimes foi parar atrás das grades por culpa de homens. A grande maioria. Adiante contarei alguns casos.

CELA ESPECIAL

Cheguei à tal cela, uma das manas que recebia a janta todos os dias foi me receber e me ajudar, me recepcionou com muita educação. Me ajudou a montar minha cela e me auxiliou sobre tudo naquele lugar. Perguntei se tinha algo para comer, ela me disse que não, mas me serviu uma fruta, até a chegada da comida. Era dia de feijão gordo. Minha porção foi bem farta; e a comida não era tão ruim quanto a de Franco. Comi como uma draga.

Nos dois primeiros dias, passei frio. Nossa, a janela da cela era aberta, e eu só com aquele lençol velho que me deram. Até coloquei a toalha por cima pra ver se amenizava um pouco. Nem sei como não peguei resfriado, pneumonia.

Outra vez em condições desumanas. Só pensava na minha família.

No dia seguinte, duas das manas me deram mais dois edredons. Me perguntaram por que eu não avisei que não tinha... Estava frio, bem no auge do inverno de São Paulo.

O que a "casa" deu é o que vira cortina para todas as janelas das celas. Na minha mão não seria diferente. Até passar o tempo em que minha família me descobrisse e me levasse aquilo de que precisava.

Quando cheguei, consegui ver pela boqueta (buraco na porta) a Daiane, que havia sido transferida do 89º direto para Sant'Ana. Foi um alívio ver um rosto conhecido. O lugar não era tão terrível como os outros por que passei.

14 DE JULHO DE 2019, DOMINGO

Foi estranho quando saí da cela para conhecer as demais presas, tive medo, receio, mas ver um rosto conhecido, mesmo que há pouco tempo, me aliviou. Me senti mais segura.

CARTA AO PAPA

Vossa Santidade, papa Francisco, não sei como esta carta chegará a vossas mãos, mas creio que Jesus achará um meio de lhe entregar.

Peço que converse com Jesus e lhe diga o que está acontecendo aqui no Brasil. Os homens brancos, gananciosos, estão destruindo a nação. Eles prendem inocentes, matam quem contesta a desigualdade, não se importam com as lágrimas nem com o sofrimento das pessoas que ficaram. Tudo isso em nome do dinheiro e do poder.

Diga a Jesus que esqueceram de seus mandamentos e usam seu Santo nome em vão, assim como dizem as Escrituras.

Aqui no Brasil, eles investem em presídios e tiram da educação, não investem nos pobres, tomam todos os seus direitos e nos fazem acreditar que é assim que tem que ser.

Eu fui presa por não aceitar essas imposições e as injustiças de um governo que age contra o pobre, trama para silenciar e amedrontar.

Posso ficar presa mil anos, mas jamais me conformarei com tanta impunidade. Não cometi nenhum crime. Essa luta contra a desigualdade vem através de Jesus, quando foi preso, humilhado, morto e silenciado para nos salvar. Em defesa dos oprimidos. O passado ainda vivo em nosso presente e nosso futuro.

Vossa Santidade, ore por nós, diga a Jesus que aqui na cidade de São Paulo as pessoas morrem de frio nas ruas, enquanto milhares de prédios estão abandonados, sem função social de propriedade; quando nós, pobres sem-teto, os ocupamos, somos presos injustamente. Eles nos chamam de criminosos por exigirmos nossos direitos constitucionais, por lutarmos por um lar digno, por igualdade.

Interceda por nós, junto a Deus e a Jesus, pois estamos perdidos nas mãos dos falsos profetas. Peça a Deus que os perdoem. E, sim, eles sabem

14 DE JULHO DE 2019, DOMINGO

o que fazem e acham que são imbatíveis, se acham melhores que Deus – ou até se acham o próprio.

Salmo 119:126 – Chegou o tempo de Jeová agir, pois eles violam a tua lei.

Espero a justiça de Deus, como diz a sua palavra em Mateus 6:33,34 e provérbios 11:4-8. Romanos 1:18.

Que Deus tenha misericórdia dos oprimidos, não aguentamos mais tanto sofrimento, descaso e desprezo, até parece que já fomos condenados ao nascermos.

Quando essas correntes se quebrarem, estarei mais uma vez tentando fazer do mundo um lugar melhor para meus irmãos. Não posso aceitar que poucos comam bem e muitos passem fome, não foi isso que Jesus ensinou.

Creio nos planos de Deus e sinto que estamos perto de um prenúncio de fartas colheitas, mas antes temos que passar por essas provações, pois Deus não nos livra das atribulações, Ele nos livra nas atribulações. Sua vontade é boa, perfeita e agradável.

Minha eterna gratidão a Vossa Santidade, pela compaixão a mim e meus companheiros presos também injustamente.

Que um dia possamos nos encontrar para eu pessoalmente lhe falar.

Deus o proteja de toda maldade e que seus anjos andem 24 horas com Vossa Santidade.

Paz em Cristo Jesus.

A sua benção,
Preta Ferreira, Movimento Sem-Teto do Centro (MSTC).

14 DE JULHO DE 2019, DOMINGO

SECRETARIA DE ESTADO

PRIMEIRA SECÇÃO · ASSUNTOS GERAIS

N. 498.332

Vaticano, 06 de julho de 2020

A Secretaria de Estado de Sua Santidade apresenta atentos cumprimentos à senhora Preta Ferreira ao comunicar-lhe ter chegado oportunamente ao destino desejado a missiva, do passado dia 14 de junho, que enviou ao Papa Francisco.

Ao mesmo tempo que desempenha o encargo de acusar tal recebimento, esta Secretaria de Estado aproveita o ensejo para lhe almejar, da parte do Santo Padre, à sua pessoa juntamente com os seus caros, cristãs prosperidades e as mais copiosas bênçãos de Deus.

Ilma. Sra.
Preta FERREIRA
SÃO PAULO (SP)

14 DE JULHO DE 2019, DOMINGO

CARTA A LULA
Querido e amado Lula, é com grande e imensa satisfação que lhe escrevo esta carta.

Minha eterna gratidão por se lembrar de mim e dos meus companheiros presos também injustamente.

Sigo aqui, presa, na certeza de que dias melhores estão por vir e que, se estamos presos, é porque incomodamos quem tem medo da verdade.

Quando lia nos livros e ouvia os relatos da história do povo de luta, pensava: "Um dia terei que lutar para retribuir aos que antes lutaram por mim".

Cresci como uma garota inconformada e com vontade de mudança, a terceira dos oito filhos de minha mãe. Nunca aceitei nenhum tipo de injustiça nem a miséria do nosso povo. E logo me vi liderando – não por força, mas por querer mais igualdade para todos.

No seu governo, tive a oportunidade de estudar e agarrei com força a chance, pois sabia que eles não se conformariam em ver sem-teto chegar ao nível superior.

Sempre soube das mentiras e das armadilhas dos "senhores feudais". Eles não dormem até derrubar um inconformado; e doeu mais quando senti na pele, pois é insuportável pagar por um crime que não cometemos. Meu crime foi nascer mulher, preta e pobre em um país racista e machista, onde quem luta por seus direitos é alvejado ou preso injustamente por criminosos de colarinho branco.

Ainda acham que somos escravos e devemos aceitar suas migalhas, ainda acham que devemos nos curvar, nos silenciar diante de tanta injustiça e desigualdade social.

O que vai salvar essa nação é a união dos povos.

Enquanto não for consenso que um precisa do outro, continuarão usurpando nossos direitos, direitos constitucionais, garantidos a quem nasceu nesta terra chamada Brasil.

Um dia isso tudo que está nos acontecendo será lido nos livros de história do nosso país, um dia essa nação vai acordar e mudar.

14 DE JULHO DE 2019, DOMINGO

Não serei eu a me fingir de morta, enquanto a injustiça bate na nossa porta, enquanto os "grandes" nos tiram tudo desde a época da invasão de Portugal.

Espero em breve poder te encontrar, não nesse lugar horrível que nos colocaram, mas onde deveríamos estar, ao lado do povo, lutando para garantir seus direitos.

Um grande abraço, até breve,
Preta Ferreira

19 DE JULHO DE 2019, SEXTA-FEIRA

PENITENCIÁRIA FEMININA DE SANT'ANA
Hoje à tarde levei um baita susto. Estávamos jogando dominó quando a senhora disse que chegaria mais uma companheira. Cheguei a pensar que seria minha irmã Lili. Eu estava sem notícias dela, pois o Vinicius não me disse que ela estava viajando.

Comecei a suar frio: "Nossa, Deus, que eu fique presa, mas minha família permaneça livre; nenhum de nós fez nada, mas, se alguém precisar carregar alguma cruz, que seja eu".

Quando a companheira entrou, fiquei aliviada... Os leitores que me desculpem, mas antes ela que minha irmã. Apesar de que essa pessoa já é de casa, já cumpre pena em outro lugar, só veio para cá porque tem uma cirurgia marcada e o médico é próximo. Ela mesma me disse assim:

— Eu tô aqui e sou culpada. Tô pagando pelo que eu fiz, então não me dói tanto quanto dói pra você, que não fez nada e paga pelo erro dos outros.

Era a Manu, uma advogada gente boa demais.

Aliviada em saber que a minha família está bem.

20 DE JULHO DE 2019, SÁBADO

Terceiro sábado aqui em Santana. Nossa, que dia triste. As visitas chegam, e eu fico aqui, só.

Chorei quando a mãe da Daiane chegou. Daiane é uma das minhas companheiras do dia a dia. Vim para minha cela escrever e chorar, e passa tanta coisa na minha cabeça, tudo num misto de tristeza, mágoa e raiva. Tô escrevendo com os olhos lacrimejando. Como eu queria estar na minha casa! Mas graças a pessoas mentirosas, de coração maldoso, me encontro aqui. Não vejo a hora de esse inferno acabar. Só Deus sabe como meu coração está. Não dá para ser forte toda hora; ser heroína requer muito da gente.

Vejo a família de todos, e a minha parece tão distante – o que por um lado é até bom, não acho justo eles terem que passar por essa humilhação, não é justo que me vejam assim.

Ontem os desgraçados da direção devolveram a papelada para visita às 17h, acredita? Disseram que estava errada, que faltava uma via. E eu pensei: "Que desgraçados, tiveram esse tempo todo, entreguei dois dias antes e no fim da tarde eles vêm com essa só pra não dar tempo".

Minha irmã até veio entregar os documentos, e esses miseráveis mandaram ela retornar. Sem problemas, quando eu sair daqui eu vou contar tudo sobre eles. Deixe estar, vou lutar contra eles também, pois tenho muito a falar.

Hoje é sábado, são 16h45, e já temos que nos recolher. Toda vez isso.

Vi as visitas irem embora e, enquanto o tempo não passava, fui jogar dominó com as outras companheiras que não tiveram visita, assim como eu.

Conversei com a companheira nova: vou chamá-la de Manu para não entregar a identidade. Ela é advogada criminalista, está presa desde 2017, pegou doze anos por mandar matar o pai do filho dela. O cara era ruim, desses homens escrotos que deveriam deixar de existir. Vou contar como foi.

Ela, uma advogada bem-sucedida, casada, recebeu um par de chifres do marido – namorido, pois ainda não eram casados no papel. Separou-se e foi curtir a vida. Foi para um forró se divertir e conheceu um cara, eles transaram e ponto-final.

20 DE JULHO DE 2019, SÁBADO

Descobriu que estava grávida. O cara disse que não iria assumir e voltaria para sua cidade natal. Ela decidiu ter o filho mesmo assim, sem ele.

Após um ano longe do ex, ele pediu para reatar o relacionamento, os dois se casaram e ele assumiu o filho.

Quinze anos depois, eis que o pai da criança, que agora já tinha quinze anos de idade, aparece na frente da casa de Manu querendo levar o filho para apresentar ao pai (avô do menino), que estava em fase terminal devido a um câncer.

— O negócio é o seguinte, eu não quero nem vou assumir esse "menino", eu só quero levar ele para meu pai morrer feliz, já que o sonho dele é ser avô e a minha irmã não deu netos a ele. Vou levá-lo ao Mato Grosso para meu pai morrer em paz.

Manu respondeu:

— Meu filho não sai daqui. O que você quer que ele lhe diga? Como você vai viajar com um filho que não é seu, que tem pai?

— Você vem junto.

Manu entrou e pediu para ele aguardar um instante. Enquanto o fulano aguardava, ela ligou para um de seus clientes e pediu para ele ir a sua casa armado e dar um tiro na cabeça do fulano. O cliente fez o que Manu pediu, já que lhe devia muitos favores: levou fulano, matou e ateou fogo no carro. Só que não existe crime perfeito: fulano roubou o celular, o toca-fitas do carro e um CD. A polícia rastreou o celular e encontrou o cliente. Ao fazer a ligação de quem era sua advogada, ligaram o caso a Manu, pois o fulano havia dito à família que iria para São Paulo, na casa de Manu, buscar a criança.

Fim da história: Manu pegou doze anos de prisão, fulano e seu pai morreram, e o cliente pegou quinze anos de prisão.

Esse crime foi em 2007, o cliente hoje já está na rua, pois estava preso desde a época e ganhou sua liberdade em 2013. Ela tem noção do que fez e assume, mas deseja sair logo para viver com seus pais, seu esposo e seus dois filhos.

20 DE JULHO DE 2019, SÁBADO

COMIDA

Aqui tem um desperdício de comida... Além de vir uma quantidade absurda, é ruim, muito ruim. Juro que daria pra alimentar dez moradores de rua após as dezesseis mulheres se servirem.

Fico me questionando por que não fazer uma comida com mais qualidade em menos quantidade. O feijão dá pra contar os grãos; sal e tempero não existem; e vocês precisam ver o que eles chamam de polenta e feijoada.

Só rindo. Eu me lembro da comida da minha mãe e da Mirian, minha ex-cunhada, que cozinha tão bem.

O que dá uma enganada é o Sazon. Na salada, sempre coloco o agrião que colho da horta, o que dá uma boa melhorada. Quando sair daqui, quero ir a um bom restaurante – se for grego, melhor ainda. Espero que esse dia chegue logo.

Acho que eles pensam assim: "Quem tá preso não tem direito nem de comer com dignidade, não pode reclamar de nada".

A comida parece uma lavagem, isso sim.

Esqueci de contar: hoje fiz a Manu chorar. Não foi nada de mais, foi de emoção.

Estávamos no pátio, e ela insistentemente me pedia para cantar; eu não queria, porque a casa estava cheia de visitas. Tinha os muralhas (guardas apontando armas, como diz a música dos Racionais Mc's: "Aqui estou mais um dia, sob o olhar sanguinário do vigia. Você não sabe como é caminhar com a cabeça na mira de uma HK. Metralhadora alemã ou de Israel estraçalha ladrão que nem papel".

Tinha as senhoras andando pra lá e pra cá.

Cantei "Como nossos pais", de Belchior. No fim, todos pararam pra ver quem cantava, foi um festival de parabéns, que lindo, palmas. Parei o presídio com a música, e até as guardas vieram me parabenizar. Manu se debulhou em lágrimas e me deu um forte abraço.

Manu me fez ficar bem esperta sobre o que é cadeia.

— Seja amiga de todas, mas confie somente em Deus e em tu mesma. Aqui a mais boazinha é a pior de todas, ninguém é sua amiga; são todas

20 DE JULHO DE 2019, SÁBADO

companheiras de prisão. Você entrou só e sairá só. Não se envolva em intrigas e fique distante quando isso acontecer, logo mais você estará na rua.

Eu já nem me envolvia, via as minas numas tretas e ficava de boa, ia para o pátio correr. Depois desse conselho, então, entro muda e saio calada.

20 DE JULHO DE 2019, SÁBADO

Vinte e seis dias de injustiça. 15h, tranca.
Cheguei a muitas conclusões hoje. Aqui na cadeia é assim:
1. Ou você entra no crime, ou nunca mais volta. Quando a pessoa passa por esse inferno, tendo consciência ou não de que errou, ela nunca mais quer voltar, ela procura outros meios de ganhar a vida, o crime não compensa, tem muitas mulheres aqui presas que, mesmo sabendo que erraram e que têm que pagar pelos seus crimes, se arrependem. A cadeia não é fácil, todos os dias se mata um leão, aqui o bicho pega, cada um faz seu corre, não tem essa de crime grande ou crime pequeno, culpada ou inocente, grau de escolaridade. Caiu aqui, você é mais uma matrícula.
2. Ou você retorna bandida, mesmo, da pesada. Quando se sabe que o sistema é injusto e falha com todos, a revolta é ainda maior. Ouvi uns relatos de gente inocente que deu vontade de sair com uma arma atirando em gente escrota de colarinho branco, de soltar uma bomba no fórum. Tem gente há um ano na preventiva, gente que foi vítima de cena forjada por policiais e delegados de má índole, gente que a cadeia já venceu e o Estado segura... Gente inocente é o que mais tem, mas eles não estão nem aí. Aqui você aprende muitas coisas, boas e ruins. Dá pra fazer estrago. Esse sistema nos chama de "reeducandas", não sei o porquê, porque aqui ninguém tem aula. Eles dificultam tudo. Nunca vi gente de ensino médio ensinar quem tem nível superior – não digo na vida, mas academicamente. Diante de tudo isso, ou até de coisas piores que não relatei, a pessoa se revolta e, ao sair, comete um crime. As que não fizeram, só de raiva, começam a fazer; as que fizeram repetem, pois sabem que a injustiça e a falta de oportunidade será maior, agora que têm passagem. A sociedade é quem forma essas pessoas para serem bandidas.
3. Ou você sai doida, dependendo do tempo e das injustiças. Muitas mulheres enlouquecem, ficam com depressão quando passam muito tempo na cadeia. É angustiante viver trancada, privada de seus direitos. Conheci gente que pegou 111 anos e já estava reclusa a seis. Como alguém consegue viver esse tempo presa? Mesmo culpada, não tá certo. Algumas enlouquecem ao pagar por um crime que não cometeram. Enlouquecem

21 DE JULHO DE 2019, DOMINGO

porque a família as abandona, perdem seus filhos, às vezes é até por conta deles que vêm parar neste lugar. Aqui, se não tiver algo a que se agarrar, você pira. Não tô com tempo pra isso, não. Tem muita gente lá fora precisando de mim.

VÁ, MENINA
Vá, menina.
Leve em tua cabeça o mapa de nossa esperança, em forma de trança
Vá brincar no Quilombo, onde a maldade
do homem branco não te alcança
Jogue capoeira e deixe eles pensarem que é uma inofensiva dança
Reze para Oxalá, enquanto eles acham que irão te catequizar
Faça isso enquanto é criança, pois um dia eles verão
que tens força e que nunca mais te alcançam
Não deixe que lhe digam o que fazer
Guarde essas palavras mesmo depois de
crescer e seu próprio futuro escrever
Vá, menina, não deixe que lhe tomem o que de mais valioso tens
A tua liberdade.
Vá em frente, pois muitos acreditam em você
Vá, menina, não se deixe escurecer, pois um dia
Heroína
É o que vais ser.

22 DE JULHO DE 2019, SEGUNDA-FEIRA

8h da manhã, o diretor me chamou. Levei um susto, as meninas me gritando. Achei que, por fim, tinha saído meu alvará. Me vesti e fui ao encontro dele.

Era pra me perguntar se eu sabia da entrevista que tinha autorizado havia uma semana. Ele me disse que seria na terça às 11h.

— Qual das duas, revista ou rádio? — perguntei.

Ele disse Rádio Brasil de Fato e avisou que era preciso assinar outra autorização hoje.

— Hum. Sei. Tudo bem, eu assino.

Quando ele saiu, as companheiras disseram que ele nunca vai à cela especial e que na verdade ele queria saber de mim, fazer amizade, tudo isso para eu não falar sobre as coisas que acontecem no presídio. Eles queriam me censurar até dentro da cadeia.

O dia acabou, e eles não me levaram para assinar o tal documento.

Às 17h, já na tranca, recebi *make* e esmaltes das companheiras para ficar bem bonita para a entrevista. As unhas de vermelho, o batom também vermelho. Eu é que não vou deitar pra eles; se querem me ver triste, acabada, vão cair do cavalo.

Fiquei sabendo que mandaram limpar o salão nobre do presídio só pra eu ser entrevistada, rs, vai vendo… Tipo, jogando a sujeira pra baixo do tapete quando chega visita.

Até que desse diretor não posso reclamar, a não ser pelo papel de visitas, que devolveram na quinta às 16h. Também não posso julgar, não sei se foi ele, só sei que as companheiras que trabalham na administração, na faxina, todos os dias me contam uma história.

Fulana estava vendo os seus vídeos, fulano falou que você é inocente, fulano quer saber quem é você.

Um dia escrevi uma carta ao Lula e entreguei à funcionária, pois sabia que receberia visita do advogado e poderia lhe entregar. Acredita que ela riu? Acho que pensou que eu era louca. Deixei ela rindo e a encarei. Entreguei a carta e, quando ia retornando para a "cela especial", a direção mandou ela se afastar de mim e me disse para ir à sala da direção,

22 DE JULHO DE 2019, SEGUNDA-FEIRA

pois duas revistas queriam uma matéria. Olhei para ela, sorrindo, como quem diz "agora cê tá acreditando, né?".

Ao retornarmos, ela falou:

— Nossa, você é chique mesmo, hein?! No começo achei que a carta era uma brincadeira.

Pois é, você não viu nada. Espere eu sair daqui.

23 DE JULHO DE 2019, TERÇA-FEIRA

Falta um dia para um mês completo da injustiça. Um mês de uma prisão mentirosa, fraudulenta. Que indignação. Fico aqui pensando que justiça é essa, que prende gente inocente enquanto os criminosos de colarinho branco estão soltos. Eles pagam para não serem presos?

Soube de uma mulher que era do mensalão; perguntei de qual partido ela era, me disseram que pagou 1 milhão de reais para responder em liberdade. Não vou falar o nome dela para não me processarem.

Enquanto isso, eu aqui, sem ter feito nada, sem nenhuma prova, sem ter cometido nenhum crime.

Na entrevista da TV, acabei com "figurões" da (in)justiça, disse que eles têm que parar de tapar o sol com a peneira e prender quem realmente é criminoso. Tá na hora de fazer jus ao salário e parar de usar o nome da justiça; tem de haver imparcialidade, não seletividade. Não sou a favor de que quem errou não pague por seus crimes; sou contra a indústria das prisões de inocentes, contra a indústria de lavagem de dinheiro dentro dos presídios. Que o MP aja com integridade, que eles sejam honestos e parem de destruir a vida das pessoas. Que todos os lados envolvidos no processo sejam investigados, pois todos merecem ser ouvidos. Eu fui presa sem ter chance de me defender, sem ao menos ser ouvida. Fui praticamente condenada pelos homens que se acham acima de Deus e da justiça. Eles me chamam de perigo para a sociedade. Mas não vão conseguir me segurar para sempre. A prisão não é eterna, e, quando sair, sairei duas vezes maior e mais forte do que entrei. Eles não vão me vencer.

Quando sair, vou lutar duas vezes mais, pois não sabia que eu era tão poderosa assim; a minha prisão me mostrou que posso fazer bem mais ao próximo.

Disseram que pratiquei extorsão, mas como eu faria isso a mim mesma? Sim, porque tudo que as famílias pagaram eu também paguei, então não tem lógica. Essas pessoas infelizes e de mau coração vão responder à justiça por suas mentiras, e vou cobrar uma por uma judicialmente. Não se trata de vingança, e sim de justiça.

23 DE JULHO DE 2019, TERÇA-FEIRA

Não vou deixar eles mexerem na minha vida e na vida da minha família e ficarem impunes. Todos terão que responder judicialmente e pagar pelo preço de suas mentiras.

Vou cobrar meus direitos ao poder público, todos vão me pagar por eu estar há 29 dias privada de liberdade, pagando por algo que não cometi. Eu não sou criminosa.

Vou provar minha inocência e provar que o MSTC é um movimento que luta por todos e ao lado de todos. Nossa luta é por moradia digna, e, se esses arruaceiros vagabundos não aceitam ser liderados, ou foram se autoexcluindo do movimento, eles que se fodam, vão trabalhar – e de preferência bem longe de nós, longe de nossa vida e longe de nossa luta. Não tenho culpa se eles são preguiçosos, invejosos e incompetentes.

Esse tipo de gente incapaz acaba só, tem fim triste, pois tem tanto ódio dentro de si, tanta inveja da alegria e das vitórias do próximo, que acaba definhando.

Quero ver quando Deus pesar a mão... Aliás, nem quero ver, quero esse tipo bem longe.

Hoje, quando fui jogar o lixo, como faço todas as tardes, algum funcionário da portaria gritou:

— É o PT, PT neles! — Ao que respondi:

— Lula livre e eu também!

Sou tão acostumada com a liberdade [...] que esqueci que no presídio eu não podia gritar.

A senhora me disse:

— Shiu, quer ir pro castigo? Cê ta presa!

Rs.

— Mais castigo? Ainda tem outro?

Ela foi educada, não foi uma daquelas ogras.

Pedi desculpas, lógico, mas disse que a culpa foi inteiramente dele... Quem mandou me provocar?

23 DE JULHO DE 2019, TERÇA-FEIRA

A questão nem é essa. Imagino como estou famosa aqui, todos sabem quem sou eu, todos sabem que sou presa política, e quem ainda não sabe indaga até as companheiras.

Nem no presídio se tem sossego, o povo é fofoqueiro pra caramba, parece até que estão assistindo à novela. Vocês precisam ver quando chega uma emissora ou uma revista pra me entrevistar. Todo mundo quer saber quem sou eu. Parece até que sou uma assassina barra-pesada. Na primeira vez, vieram três guardas e o diretor assistir, perguntei se eu era tão perigosa assim para ter essa escolta toda.

Aposto que vocês estão como o povo do presídio ao ler essas histórias. É curioso, né?

Sabe, não é nada fácil estar em um lugar desses, não mesmo, ainda mais quando se é inocente e se tem provas disso, mas eu acredito bastante em Deus, eu sei que sua vontade é boa, perfeita e agradável.

Ele jamais me colocaria em um lugar que eu não desse conta, não aguentasse. Eu me conforto, pois sei que Ele também é justiça, além de amor. Um dia, num futuro breve, estarei contando muitas das histórias que vivenciei durante esse período nebuloso. Por enquanto, eu me apego ao fato de que tudo vem pra fortalecer, de tudo temos que tirar proveito. Eu não me faço de vítima ou coitadinha, não, eu tenho é garra e vontade de vencer e lutar ainda mais.

Fico aqui pensando na mainha, tadinha. Ver seus dois filhos presos, inocentes, sem direito a visitá-los. Por isso que eu já disse: cada uma dessas pessoas vai responder por essa calúnia, pelas injúrias proferidas contra nós.

24 DE JULHO DE 2019, QUARTA-FEIRA

Um mês de injustiça. 6h da manhã, e na verdade é como se fossem trinta vezes 24 horas.

Como me sinto? Não consigo descrever, é triste demais. Ontem me peguei pensando outra vez: "Caramba, tô presa mesmo, né?". Um mês de injustiça e ninguém faz nada, que justiça desgraçada essa do Brasil, justiça aqui só funciona quando a pessoa tem grana, quando é branco rico, quando faz conchavos e libera a grana.

Mas, tudo bem, uma hora eu saio daqui, uma hora as comportas se abrem, eles não poderão me manter presa eternamente. Hoje me sinto vazia, impune, de mãos atadas, silenciada, assassinada, violentada, sob o efeito de um calmante que me deram à força.

A entrevista na TVT[*] passou há pouco, a prisão parou, várias batendo na minha baqueta pra me chamar.

Nos corredores, o volume se fazia ouvir bem alto, cada direito que eu exigia era um grito das companheiras, que aplaudiam, me dizendo: "Eu voto em você, você falou tudo, companheira, que orgulho, você tem que sair logo daqui". Quem não tinha TV na cela, como eu, colocou os ouvidos na boqueta para escutar a entrevista. Foi uma manhã bem agitada para marcar um mês da minha prisão injusta.

A Nara, advogada reclusa junto a nós, me disse: "Falou otimamente bem, exigiu direitos constitucionais, direitos humanos, direto à vida e sem erros, parabéns".

O dr. Iberê Bandeira de Mello, advogado que me visitou ontem, disse para eu me preparar tanto para coisa boa ou ruim, pois meu caso estava nas mãos de uma juíza que era sensata. Eu disse a ele que estava confiante, pois pra Deus nada é impossível.

Agora vou fazer minha oração conforme faço todas as manhãs, vou ser grata a Deus, pois acordei, estou viva e com saúde. Faça isso também, você não se arrependerá.

---

[*] Disponível em: <https://www.youtube.com/watch?v=xBKINkZg3Dc&t=2s>; acesso em: jun. 2020. (N. E.)

24 DE JULHO DE 2019, QUARTA-FEIRA

Hoje teve oração aqui; na verdade, tem todas as quartas. Até me alivia... Deus falou bastante comigo, falou incrivelmente. Não vejo a hora de ir embora. O plantão foi de boa, pois a senhora é a dona Regiane, a guarda mais humana e firmeza deste presídio.

Eu já falei pra vocês da dona Marilda? Não, né?! Dona Marilda é uma senhora de setenta anos de idade que está presa há três anos por crime federal. Ela é 171, no português bem claro.

Essa velha mete o louco, se aproveita da idade pra fingir que passa mal, rouba a sobremesa das outras presas, xinga pra caramba, pinta o sete. Segundo ela, só falsificou cinco aposentadorias, mas a polícia descobriu 120. Aqui as outras presas não vão muito com a cara dela, não. Ela apronta tanto que foi parar no castigo. Ela é conhecida aqui como "velha 171", pois, mesmo depois de presa, não deixa de tentar dar golpes. Eu a chamo de bruxa do 171, é minha amiguinha, eu cuido dela, ela é muito sozinha, tadinha.

Depois de um mês presa, liberaram meu jumbo. Jumbo são alimentos, roupas, produtos de higiene etc. Coisas para se manter aqui no dia a dia.

Eu nem tô comendo essa comida direito, nem quero que minha família fique me mandando muito, espero que não venham me visitar; quer dizer, espero que não dê tempo, que quando chegar o dia da visita eu já tenha ganho meu *habeas corpus*. Tomara que essa juíza seja humana.

Por volta das 17h, escuto o barulho da sirene e me recordo do dia que os "da lei" me levaram pra fazer o exame de corpo de delito e me prenderam. Uma presepada sem fim, sem necessidade alguma daquele escândalo. Portanto, quando vocês virem uma viatura correndo, pedindo espaço, acreditem, é mentira. Eles só querem aparecer. Ainda chamaram os policiais militares de coxinha pau no cu.

Hoje me peguei observando a quantidade de mulheres negras na cela especial. Por incrível que pareça, somos em três; antes da minha chegada, era só uma, a Ana. Após uma semana da minha chegada, veio Ednalva.

24 DE JULHO DE 2019, QUARTA-FEIRA

Já no pavilhão, a massa das negras é como se fosse um navio negreiro, eles jogam todas juntas, amontadas, e ainda tentam fazer com que nos olhem feio ou achem ruim e estranho sermos separadas, fazendo parecer que somos melhores que elas. É o que eles nos fazem passar: na inclusão logo gritam "especial" e falam seu nome. Até a hora que isso dá em tragédia. A questão é que estudamos e conseguimos burlar o sistema falido e opressor.

Ao longo dos tempos eu venho refletindo e enfatizando em palavras ou redes sociais: "É necessário criar mais militantes de nível superior e menos heróis". Heróis vão presos ou mortos nas mãos dos genocidas; se o militante tiver nível superior e for preso assim como eu (injustamente), ele pode exigir a tal cela especial. Agora, imagine todas essas mulheres com nível superior! O sistema não comporta, não tem capacidade.

O que vai vencer essa opressão é o estudo da massa... Vocês acham que esses cortes na educação acontecem porque o país está quebrado? Não, é porque, quanto mais pobre fora do sistema educacional, mais fácil de manipular, de lhes roubar direitos. Pobre educado, de nível superior, oferece perigo ao sistema.

Veja bem, todo cidadão é passivo de vir parar atrás das grades, inocente ou não. Se for preto então, as chances duplicam. Dou exemplos simples para vencermos.

1. **Escola.** Saiu da escola, entre na universidade, paga ou não.
2. **Universidade.** Enfrente o mundo e vá para o emprego dos sonhos.
3. **Emprego na área.** Trabalhe com prazer, faça seu nome.
4. **Presídio.** Eles terão que lhe respaldar, seus direitos constitucionais, ninguém pode tirar; se for preso, exija. Faça com que prevaleçam seus direitos, pois já basta serem tirados desde que nasceu. O governo não está preparado para pessoas instruídas.

Ainda é dia 24 de julho. Estou prestes a dormir, às 22h, e eis que a senhora me entrega minhas primeiras cartas via correio. Foram três – e adivinha de quem? Minhas três sobrinhas e minha afilhada. Quatro crianças,

24 DE JULHO DE 2019, QUARTA-FEIRA

benção demais. Chorei mais que manteiga derretida, aposto que vocês vão se emocionar também.

    A de cinco anos, Victória, fez um esforço pra escrever; a Sara é linda e sensata; a Estephany tem uma consciência de dar inveja em gente fútil; a Duda, minha afilhada, disse que é minha substituta enquanto "passo essas férias no Chile" (Xilindró), que ficou em casa cuidando das minhas coisas, deixando tudo arrumado do jeito que eu gosto, pois antes de eu viajar eu tinha ensinado. Que coisa, né?

    Parece que eu já estava prevendo... Eu, hein, credo!

Filho, senta aqui que a mãe vai te contar
As coisas que eu passei, cê vai me ouvir falar
Não foi nada fácil viver, lutei para não morrer... ê ê ê
A minha própria vida, eles queriam escrever, tipo
as mentiras que eles contam na aula de história.
Eu tive que sobreviver.
Eu tive que sobreviver.

[refrão duas vezes]

Escrevi meu futuro com a caligrafia da minha bisavó – ela, sim, sabe o que eu passei, foi assim com ela quando fugiu para o Quilombo. Meus antepassados não deixaram a história se repetir, eles não vão traçar um futuro para mim.

    Eu sou livre. *I am free.*

Acharam que eu deveria me curvar, diante deles me calar e suas migalhas aceitar. Me mandaram abaixar a cabeça, mas eu não abaixei, eu revolucionei. Não me fingi de morta enquanto a injustiça batia à minha porta, pois é da luta e da prova que se faz a reviravolta. Não abandonei minha coragem, ela só precisou de mim pra burlar o que o homem opressor chamou de lei.

24 DE JULHO DE 2019, QUARTA-FEIRA

Filho, senta aqui que a mãe vai te contar
As coisas que eu passei, você vai me ouvir falar
Não foi nada fácil viver, lutei pra não morrer... ê ê ê
A minha própria vida eles queriam escrever
Como as mentiras que eles contaram nas aulas de história.
Eu tive que sobreviver.
Eu tive que sobreviver.

[refrão duas vezes]

Escrevi meu futuro com a caligrafia da minha bisavó
Suas palavras foram como uma bússola em mar revolto
Terra firme em meio à correnteza forte, meu amuleto da sorte
Meus antepassados não deixaram a história se repetir
Eles não conseguiram traçar um futuro pra mim
Eu sou livre
I am free.

De nada adiantou me algemar e amordaçar
A minha voz ecoou sem eu precisar falar
Fui senhora do meu destino, capitã de minh'alma
Desafiei (desafio) a injustiça
Não me fingi de morta quando a desigualdade batia à minha porta
Não abandonei minha coragem, ela só precisou de mim para combater as leis do homem opressor.

25 DE JULHO DE 2019, QUINTA-FEIRA

Sabe o que aprendi em 31 dias de prisão? Que basta você nascer para prepararem um lugar para ti – na prisão, no hospital, no cemitério, a gente sempre vai ter uma vaga nos esperando.

Qualquer pessoa pode parar na prisão, aqui parece o fim da linha, aqui você se reconhece, descobre que é capaz de coisas que nunca imaginou. As pessoas na cela especial são iguais, não há discriminação de cor, raça, credo, crença. Caiu aqui, tá preso e já era, só aprende o número da sua matrícula que é o que mais você vai precisar usar.

A gente fica procurando o que fazer, o dia não passa, as horas também não, jogo umas dez partida de dominó, converso, leio. E nada.

Na hora da tranca, pior ainda.

Aqui, se você não tiver uma boa cabeça, projetos lá fora, o lado ruim puxa, ô, se puxa. A gente aprende, vê, ouve cada coisa... Agora acho que essas empresas que lançam novos produtos, pesquisas etc. estão perdendo tempo. Se investissem, dessem uma chance a essas presas, triplicavam dinheiro, criatividade, inovação e novas técnicas de sobrevivência, que elas têm de sobra.

Eu mesma aprendi a fazer uma cola melhor que superbonder, só com alguns produtos básicos que a casa fornece. A receita é fácil. Tem um sabonete e uma pasta que ninguém usa para higiene, lógico, não quero ficar sem dente e sem pele. Segue a receita:

- 1 barra de sabonete (Natury's) branco; sabonete Soap (a embalagem é azul, nunca esquecerei, inclusive é ótimo pra deixar a roupa branca, sem manchas. Uso pra lavar todas as minhas camisetas)
- 1 tubo de creme dental (Suavy Dent) menta (ótimo também para limpar sapato, principalmente a parte branca. Esfregue um pouco e em seguida enxágue, o resultado é garantido)

Amasse o sabão até virar uma pasta. Adicione o creme dental e mexa até ficar uniforme. Deixe agir no sol durante uma hora para efeito mais duradouro; depois, pode colar o que quiser.

25 DE JULHO DE 2019, QUINTA-FEIRA

As paredes aqui são cheias de tecidos colados há anos. Tem um que faz cinco anos, desde que uma companheira entrou. Eu já puxei duas vezes, mas não sai. Vou comercializar para tapar a boca de gente fofoqueira.

Não me pergunte como elas conseguem fazer esse tipo de coisa, pois não sei a resposta.

Hoje, na parte da manhã, recebi a visita de um funcionário, um homem na cela; meio impressionante como eles acham necessário vir até a cela especial falar comigo e as outras eles mandam chamar na secretaria. O que tem de mais nisso? Ele é um homem trans. Quando soube disso, fiquei feliz, muito mesmo.

Esse é o Brasil que deveria funcionar, o país da inclusão. Como eu queria ver isso acontecer sempre.

Ah! O motivo da visita? Eu tinha que assinar a ordem de prisão, ou seja, eu estava presa e me prenderam novamente. O sistema funciona tão bem que dá gosto.

Trinta e um dias, sete livros e meu processo.

Já li de cabo a rabo. Neste momento, ouço as sirenes que havia mencionado anteriormente, a sirene dos desocupados. Parece que todos os dias eles me prendem, vejo o rosto de um por um, me lembro de todas as frases e de como eles brincavam de ser "polícia". Eles sentem prazer em ferrar com a vida dos outros, não estão nem aí se é mulher ou não.

Desse povo, nem guardo mágoa. Sabe por quê? São infelizes, inseguros e maldosos. São as máquinas criadas pelo sistema, então o único sentimento que nos resta é dó. Quero bem longe de mim, só quero por perto gente de luz, que me transmita amor. De ruim, já basta o lugar em que me jogaram injustamente.

Mas vamos falar de coisas boas: mesmo aqui, há momentos de alegria.

Hoje a cela especial está em festa, pois uma de nossas companheiras mais antigas da casa ganhou o direito ao semiaberto. O nome dela é "Joana". Seu crime? Vou lhes contar.

25 DE JULHO DE 2019, QUINTA-FEIRA

    Ela e seu companheiro, que também está preso, aplicavam o golpe do bilhete premiado. Ela se passava por uma moça pobre e analfabeta do interior à procura de um homem que lhe devia 5 mil reais pelo bilhete premiado. Suas vítimas sempre eram *socialites*, ricas demais, então a grana que eles arrancavam nem lhes fazia falta. Teve uma esposa de político que disse que 150 mil dólares era dinheiro do ladrão. Pois ela conseguiu esse valor, e a mulher só achou ruim de ter perdido sua bolsa exclusiva da Louis Vuitton, a falta do dinheiro ela nem sentiu. Não me perguntem como eles faziam, pois eu não vou dar dicas de crimes alheios. Vai que eles voltam à ativa.
    Só sei que ela é uma pessoa muito bacana, me ajudou quando eu mais precisei; quando eu cheguei ao presídio acanhada, com receio, foi ela quem me ajudou, me ensinou o que fazer – e o melhor de tudo: acreditou na minha inocência e no meu potencial para me tornar o que sou hoje; ela abraçou as minhas ideias, e é por isso que desejo todo amor do mundo a Joana. No presídio ou em qualquer deserto, existem anjos enviados por Deus. Ela me disse que só fui presa para conhecê-la, que eu nem devia ficar mais tempo.

26 DE JULHO DE 2019, SEXTA-FEIRA

Aqui, pela falta do que fazer, fico ouvindo histórias, e algumas até se cruzam com algo que eu já fiz na vida.

Dona Vânia, por exemplo, é uma senhora que está presa há mais de vinte anos, mas porque quer. Ela sai e, então, faz de tudo para retornar. Seu grande prazer é cuidar do jardim e dos quinze patos... Sim, aqui tem patos, marrecos. Ela sabe o nome e a idade de todos e morre de ciúme deles. Dona Vânia vive em situação de rua, não tem família, amigos, filhos, ninguém. Aqui ela concentrou um lar, alimento e uma cama.

Seu crime? Roubou uma bolacha no mercado. Ela já saiu diversas vezes, mas não consegue se readaptar à sociedade... E aqui ela tem amigos, família, tem um lar, alimentação e uma cama quente para não morrer de frio nas ruas durante inverno, como muitos dos casos que vemos na cidade de São Paulo.

Por que essa história se cruza com a minha? Durante muitos anos, trabalhei na Central de Atenção Psicossocial (Caps). Eu era orientadora socioeducativa, essas pessoas que recebem ligações para recolher moradores em situação de rua. Trabalhei na madrugada fria do inverno de São Paulo, sei de cada caso... Daria para escrever outro livro.

Como dona Vânia, tem mais um milhão. O sistema é cruel com pobre. Já acolhi médicos, advogados, gente de outras ótimas profissões, gente que você percebe que era rica pelo modo de se portar, falar, agir. Muitos faliram, foram roubados pela família e acabaram nas ruas, mas a maioria está lá por causa do vício. Drogas ou álcool. Esses dois devastam famílias.

Dona Vânia fez a opção de permanecer no presídio para sobreviver, e o que me resta é sair deste lugar e tentar ajudá-la de alguma forma... Quem sabe eu não consigo dar um lar, amigos e filhos adotivos? Fazer o bem não custa.

Manu retornou para o presídio de Tremembé. Ela só estava aqui de passagem, para ir ao médico. Não adiantou de nada, pois eles não resolveram a situação. Nossa, como ela fez falta durante o dia, o silêncio predominou, ela era a que mais falava, até a apelidei de Boca de Afofô,

26 DE JULHO DE 2019, SEXTA-FEIRA

termo usado na Bahia para quem é tagarela. Ela nos deixou uma carta linda, mas, por instruções dela, só pude ler no fim da tarde de hoje, na presença de todas.

Não posso mostrar, pois tem o nome de todas, e, como vocês sabem, aqui as histórias são reais, mas os nomes, fictícios.

Amanhã é dia 27 de julho, sábado, meu quarto sábado neste presídio. Minha irmã Kellen vem me visitar. Tô meio apreensiva e triste por encontrar com ela aqui, não queria que ninguém da minha família passasse ou me visse nessas condições. Eu quero ir embora, tô com saudade da minha mãe, dos meus sobrinhos, dos meus amigos, da minha família, da minha vida.

Eu quero restituído meu direito de ir e vir. Me causa revolta estar em um lugar destes, pagando por um crime que não cometi.

Fico pensando em como anda a saúde de minha mãe, como minhas irmãs estão, que tristeza.

Um dia, quando eu vir alguém em casa reclamando de comida, de roupa, de coisas supérfluas, não vai prestar. Vou mandar ficar preso uns dias pra saber como viver é bom e mágico.

Só quem passa por um lugar destes sabe como os mínimos detalhes da vida são importantes.

Quero ir embora logo, ainda mais depois que soube que o lugar onde estamos era onde eles colocavam os presos resignados na década de 1980, os presos com HIV em fase terminal eram trancados aqui. Tudo bem que houve "reformas" e tal, mas eu quero minha casa, que é o melhor lugar do mundo.

27 DE JULHO DE 2019, SÁBADO

Aqui não tem um dia que eu seja uma presa comum, todos os dias um funcionário novo me chama ou pergunta sobre mim. Dessa vez me chamaram para assinar, ou não, o termo de entrevista para Jornalistas Livres. Claro que aceitei; além de levarem informações de fato, eles são meus amigos.

O diretor, o sr. Fábio, adora, fica todo-todo levando informações aos outros funcionários.

Alguns até me chamam de Preta, não me chamam mais por meu nome de batismo. Já ouvi vários hoje: "Parabéns pela sua entrevista, quanta fala precisa e oportuna", "você fala bem demais, já pensou em se candidatar?".

Por hora, só penso na minha liberdade, depois eu vejo o que fazer.

Aqui toda sexta é dia de faxinar os quartos; quer dizer, quem quiser, quem vai ter visita. Eu já deixei o meu um brinco, tem até cabide improvisado, eu chamo de minicloset. Ganhei um saco de crochê pra guardar os alimentos... Como minha irmã chega na parte da manhã para a visita, vou ser a primeira na fila do banheiro, quero aproveitar cada segundo com ela pra ver se me sinto mais perto de casa, mais perto dos meus. Tô imaginando a cara dela ao me ver, farei de tudo para não chorar; eu e Kellen nunca fomos grudadas, quem sabe a minha prisão não mude isso, temos que aproveitar o que de ruim nos acontece e tirar algo bom.

Hoje é o sábado mais feliz depois de estar neste lugar por um mês. Fui uma das primeiras a me arrumar, estou muito ansiosa, alguém da minha família, enfim, vem me visitar. Felicidade explode aqui dentro.

Vejo a visita das companheiras chegarem e me causa mais alegria, a família da Valeria veio pela primeira vez também, foi tão emocionante que a guarda chorou. Cena de filme. Melhor ainda foi ver a família da Melissa – a filha estava presa na Febem, praticou o crime junto com ela, e fazia três anos que elas não se viam, ela estava havia três anos sem ver ninguém. Hoje veio a família de catorze – somos em quinze, a Kellen não conseguiu entrar.

Todas as mulheres tiveram a visita da família, menos eu. A visita de uma das meninas me passou um recado: que ela estava muito nervosa

27 DE JULHO DE 2019, SÁBADO

e chorona por não conseguir entrar. Não deixaram ela entrar pois estava com os cabelos trançados, *braid box*.

Quando eu soube disso, meu mundo caiu. Chorei de ódio, pois ela não entrou devido à maldade dos funcionários mesmo. Na quarta-feira, a dra. Amanda e ela me mandaram o jumbo e perguntaram na diretoria se Kellen poderia vir com os cabelos como estavam e tinha sido autorizada. Além do mais, o que a pessoa vai guardar nas tranças pra visitar alguém no presídio?

E para que serve a máquina de raio X em que eles obrigam todos a passar?

Passei a semana guardando meus doces da sobremesa pra mandar pra minhas sobrinhas, aquelas que me escreveram as cartas; separei algumas páginas já escritas deste livro pra ela levar embora, escrevi umas cartas, deixei o quarto todo lindo só pra recebê-la. Passei o dia sozinha, fui para o pátio ler, mas as lágrimas não me continham, chorei muito, me senti a pior pessoa do mundo, a solidão deste dia não tem explicação.

A tristeza consumiu minha alma, me senti um lixo, mesmo na prisão não tinha ninguém comigo.

Queria os risos de felicidade das pessoas por estarem em família, e eu sozinha. Fui para o meu quarto escrever este capítulo, era a única coisa que amenizaria a minha angústia.

Ainda nesta semana eu farei uma reclamação na diretoria, porque não é possível que eles sejam tão mal organizados dessa forma; na próxima entrevista, tenho motivo pra falar deles, essa tristeza vai ser mais uma arma que terei contra gente ruim, eu não vou deixar pedra sobre pedra, gente ruim tem que pagar.

Até a senhora ficou indignada com essa proibição, ela disse que nunca houve esse tipo de coisa por lá, tô achando que é perseguição, mas deixa comigo.

Hoje, por alguns instantes, achei que estaria livre. Sonhar não custa, né?

A peste da velha 171 já aprontou hoje, disse para a guarda que tinha crack no banheiro, e o pior de tudo é que hoje tem uma que é novata, não conhece a peça, se não fosse pela mais antiga, a que chorou, estaríamos

27 DE JULHO DE 2019, SÁBADO

fodidas. Ia ter "blitz e peladão", que funcionam assim: eles entram nos quartos, quebram e bagunçam tudo pra ver se acham alguma coisa, depois fazem todas as mulheres ficarem peladas em fileira no corredor. Todas peladas, agachando três vezes de costas, três vezes de frente, abrindo as nádegas para ver se tem celular ou drogas.

Se isso acontece comigo, eu ia denunciar o presídio em todas as entrevistas que estão marcadas. É um absurdo.

A pior parte foi ver todas se abraçando e se despedindo dos familiares, menos eu. Me senti como aquelas pessoas de que falei, que moram nas ruas; eu posso falar que sei o que elas sentem, naquele momento foi como se eu só tivesse a mim mesma, foi como se não tivesse ninguém além de mim no mundo. Olhei para o céu e disse:

— É, Deus, somos somente eu e você, eu tô sozinha no mundo.

Eu ainda não contei a vocês boa parte dos crimes das mulheres que aqui estão presas – e nem sei se contarei todos, pois alguns deram bastante repercussão na mídia.

Antes de falar sobre alguém, vou lhes dizer a profissão de cada uma:

FUNÇÃO	QUANTIDADE DE MULHERES	CRIME
Médica	2	assassinato
Enfermeira	1	latrocínio – forjado
Assistente social	1	artigo 171
Professora	1	artigo 171, crime federal, INSS, lavagem de dinheiro
RH	2	artigo 171
Advogada	4	assassinato, extorsão – forjado
Publicitária	1	artigo 158 – forjado
Administração	2	artigo 171 – forjado
Secretária	2	artigo 171

27 DE JULHO DE 2019, SÁBADO

A maioria das mulheres está aqui quase pelos mesmos motivos. E foram os homens que destruíram a vida dessas mulheres. Maridos, amantes, ex-namorados, namorados. Tem até ex que acusou e depois quis reatar o relacionamento. A dor de corno foi tão grande que ele acusou a enfermeira, sua ex, de tentativa de assassinato junto com seu atual namorado. Vou contar.

A enfermeira, eu a chamo de Taci, ao terminar com o pai de seu filho, arrumou um novo namorado, um policial. Um dia, quando ela estava indo trabalhar, seu ex-esposo a levou no ponto de ônibus, tentando convencê-la a voltar com ele. Foi quando um assaltante lhe roubou a bolsa; o ex, querendo ser herói, tentou reagir ao assalto e levou cinco tiros, ficando entre a vida e a morte. Durante o período em que estava no hospital, o pai dele (ex-sogro de Taci) se declarou para ela, dizendo que sempre a amou e que em breve seu filho iria morrer e que os dois poderiam ficar juntos. Taci retornou pra casa muito assustada e incrédula de que aquilo estava acontecendo, seu sogro se declarou para ela. Ela contou a história para o atual namorado, o policial, que disse para ela gravar essa conversa, pois ninguém acreditaria no que ela estava contando – era uma história muito absurda para alguém acreditar sem provas. No dia seguinte, ela puxou o assunto e perguntou ao velho, que caiu na armadilha e falou tudo novamente, enquanto ela gravava; em seguida, ela deu um fora no velho. O ex-marido sobreviveu e logo queria reatar com Taci, mas ela já estava em outra, então ele denunciou o novo namorado de Taci, o policial, dizendo que fora ele quem havia tentado matá-lo por ciúmes dela; o velho aproveitou situação, pois estava com raiva do fora que levou e denunciou Taci. Disse que o policial havia lhe confessado que mandaria matar seu filho. Taci e agora seu atual ex, o policial, estão presos há um ano.

Já houve audiência, mas ainda existem provas em análises, como a gravação que Taci fez do velho tarado. A polícia, segundo Taci, pegou as imagens das câmeras da rua; quando seus advogados pediram aos comerciantes, disseram que já haviam dado à polícia.

27 DE JULHO DE 2019, SÁBADO

Taci contou que foi torturada na delegacia para entregar o ex-namorado policial. Não sei se vocês sabem, mas há certa rixa entre as polícias de São Paulo.

Eles a queimaram com maçarico e, no exame de corpo de delito, não a deixaram só com o médico: o exame foi de portas abertas e as perguntas foram apenas duas.

Taci perdeu a guarda de seu filho de três anos, e quando a avó, mãe de Taci, vai visitá-lo, não pode falar o nome da mãe. O ex, pai do garoto, pediu a Taci para visitá-la; caso ela deixasse, ele assumiria o erro e contaria a verdade para a polícia. Mas é claro que ela não aceitou esse absurdo.

Mais um exemplo de homem que acaba com a vida da mulher – isso quando não prende, mata ou bate. Alguns homens acham que somos propriedades deles, e essa mentalidade precisa ter fim.

28 DE JULHO DE 2019, DOMINGO

Hoje é domingo, um daqueles dias ensolarados para curtir a família e os amigos. Aqui no presídio, às 15h30 já é hora da tranca, e dá uma baita tristeza ficar em um quarto, olhando o sol e os pássaros através das grades.

Lá fora tem um barulho de festa. Dá pra ouvir as músicas.

Aqui o fim de semana tem som de vida. É tempo de visita no pavilhão: a nossa acontece aos sábados, e a das outras presas, aos domingos. Ouço várias criancinhas que ainda nem sabem falar direito, inocentes que nem entendem onde estão.

As guardas que trabalham aqui são, na grande maioria, de cidades do interior. De certa forma, elas também estão presas, pois abandonam a família, trabalham doze horas por dia e folgam apenas uma vez por semana. Dizem que se sentem como nós. Não podem entrar com celular, são revistadas na entrada e na saída e comem da mesma comida que as reeducandas. Se isso também não for uma prisão, eu não sei mais o que é. Dizem que até entram na justiça para trabalharem mais perto de casa, mas às vezes demora anos para o juiz aprovar o pedido. É como se fosse um *habeas corpus*.

Hoje foi o bota-fora da Joana, e cada uma de nós contribuiu um pouco. Creio que ainda nesta semana ela vá embora deste lugar.

Como não tenho muito o que fazer aqui, reflito bastante. Penso em como será minha vida depois disso... E uma coisa eu sinto: as pessoas não se importam tanto quanto dizem. A única pessoa que vai pensar se você comeu, se está bem, é sua mãe. Tenho certeza de que a única pessoa que neste momento se preocupa comigo do fundo do coração é ela. Logo que fui presa, tinha muita gente, agora não ouço muito barulho. Já mandei carta para várias pessoas, mas, desde que estou em Santana, só recebi as das minhas sobrinhas.

Eu já pensei em várias formas de acabar com a minha vida, mas, calma, eu não tenho coragem para tanto. Também sei que é o diabo tentando entrar em minha mente, que ainda tenho muito o que viver, muito para lutar e conquistar. Minha mãe não merece essa dor.

28 DE JULHO DE 2019, DOMINGO

Tô acreditando que ficarei presa por um bom tempo, pelo visto; afinal, nada do que fizeram deu certo, mais uma semana e nada de notícias, tô perdendo a fé nessa "justiça"… Aliás, a fé que nunca tive.

Dá um desespero saber que o mundão tá girando e você está parada obrigatoriamente. Se eu tivesse cometido algum crime, até aceitaria, mas me dói saber que não fiz nada e estou aqui, presa. É impossível que Deus não veja isso acontecer. Muitas vezes me pergunto onde Ele está, por diversas vezes levo meus pensamentos para fora, para o futuro, e num estalar de dedos vejo que estou presa – e incrédula de que isso realmente está me acontecendo.

Acredito muito que tudo o que nos acontece tem um bom propósito, que tudo podemos aproveitar. Como disse Mazzaropi, "tudo o que acontece é sempre para melhorar nossa vida".

A perseguição, a injustiça e a tribulação produzem perseverança, que, por sua vez, produz experiência.

Viver e conviver com os sem-teto não é brincadeira; a gente encara muitas situações e pessoas diferentes. Acho que isso me ajudou um pouco a me virar aqui na prisão, tendo jogo de cintura, por que a vida encarcerada não é nada fácil.

Ou você chega junto, ou fica no seu canto. Todas aqui entraram só, então não dá pra levar outra nas costas. Já dei uns toques desses em duas companheiras que entraram na mesma época que eu. Elas dão umas mancadas que, se estivessem em outro lugar, seriam motivo de surra. Pior de tudo é que são bem mais velhas que eu, agem como se estivessem em casa, e as outras companheiras já estão pegando birra delas. O problema é que eu não sou mãe delas nem sou da família, não tô aqui pra cuidar de ninguém, já me bastam os meus problemas. Não vou cuidar da vida alheia, já dei três toques, conversei, expliquei, mas são teimosas… Longe de mim querer ensinar, vou fazer a minha. Eu disse a elas que isto era uma cadeia, não um parque nem a casa delas.

28 DE JULHO DE 2019, DOMINGO

Cheguei à conclusão de que tudo o que me acontece aqui dentro são "elementos". Elementos de escrita, pois cada página destas é um fato ocorrido. Eu tô narrando o que me acontece em junho e julho e espero terminar este mês como a pior, melhor, mais fortalecedora experiência que já me aconteceu na vida.

Que tal parte da minha história termine. O futuro que planejei é bem melhor, vale mais a pena ler.

Cada vez que fico sabendo como as coisas aqui dentro funcionam ou fico sabendo de algo novo que rolou entre outras reeducandas, sinto mais vontade de ir embora, vejo que não pertenço a este lugar, não me encaixo.

Soube por uma das guardas que, quando elas começam a cantar alto, começam a cantar parabéns, é porque tem uma apanhando. Quem vacila aqui ou apanha calada, ou pede seguro.

A cadeia não é fácil nem pra gente de má-fé. Vacilou, levou. Quando cheguei, ouvi duas dizendo que iam de bonde no escuro, acho que uma das que apanharam caguetou, mas penso que, se fizer, isso é pior.

Pensei: "Depois de ter apanhado, ainda vai caguetar? Era melhor ficar em silêncio, agora vai ter que ir pedir seguro e, de qualquer forma, já apanhou".

Essa história quem me contou foi uma guarda que também cuida do pavilhão... Na cela especial não acontecem essas coisas.

29 DE JULHO DE 2019, SEGUNDA-FEIRA

Hoje uma das companheiras, a Ana, que está presa por culpa do marido, veio desabafar comigo, aos prantos.

Ela sempre soube do envolvimento dele no crime, mas não sabia que ele a envolveria. Agora ela paga por um crime que não cometeu e ele está foragido.

Fico me perguntando se ele ainda tem coragem de dizer que é homem. O relacionamento deles é desde a adolescência, foi uma dessas paixões desenfreadas e rendeu frutos: duas lindas filhas. Pior que o julgamento dela foi marcado para setembro. Até agora ele não apareceu, não se entregou.

O amor é coisa de louco, é doentio às vezes; assim como esse caso, tem o da advogada que era muito bem-sucedida, arrumou um amante e juntos mataram o esposo. Ela deixou a porta aberta para facilitar a entrada dele em casa. No caso dela, foi por ganância, pois o marido era dono de duas vilas com mansões. Ela, pretendendo viver com o amante, não quis a partilha dos bens, quis tudo pra ela.

No dia do crime, deixou a porta aberta e subiu para o quarto com os dois filhos; o amante entrou e deu três tiros à queima-roupa, só que deixou as pegadas de sua bota no local do crime. Ele era da Guarda Civil Metropolitana (GCM), e, pela numeração específica da corporação, foi fácil localizar o dono.

Os dois estão presos e se correspondem por cartas; os filhos dela ficaram com a mãe do marido assassinado. As amigas dizem que ela é louca de amores por esse homem, mas que ele só quer o dinheiro dela. Ambos foram condenados a dezoito anos de prisão.

Aqui dentro a gente fica sabendo de muita crueldade do mundo, a miséria ainda assola este país, há muitas famílias desestruturadas, mulheres que parecem ter o destino traçado. O caso que vou contar agora foi o que mais me chocou, o que mais me deixou indignada.

Uma moça de 26 anos, em situação de rua, usuária de crack. Seu crime, artigo 155. Dois filhos, um deles de seu irmão mais velho. Sim, de seu próprio irmão de sangue.

29 DE JULHO DE 2019, SEGUNDA-FEIRA

Eles moravam na baixada do Glicério, sem os pais, que sumiram e deixaram apenas ela, uma irmã mais nova e esse irmão de vinte anos. Ela tinha apenas doze anos quando ele a violentou e fugiu. Ela teve que criar o filho-sobrinho e a irmã mais nova.

Após uns anos, a criança foi pra adoção; ela, por sua vez, se envolveu com outro homem, por drogas, e novamente engravidou – e a outra criança também foi para adoção. Hoje ela tem nojo só de ouvir voz de homem, prefere ficar presa a voltar para as ruas.

É indignante. Triste saber que alguém passou por tanta crueldade e ninguém deu oportunidade a essa mulher. Família é uma coisa complicada, tem que ter amor, diálogo e união.

Esta próxima história é sobre família e é de cortar o coração. Luana é uma moça nova, de 22 anos, parece uma boneca de tão linda. Ela é cheia de sonhos e está presa há quatro anos por tráfico de drogas. Luana morava em Salvador e tinha o sonho de vir para São Paulo estudar. Viu essa oportunidade, pois sua irmã morava na cidade havia sete anos, casada e sem filhos. Luana se mudou para São Paulo e foi para a casa da irmã. Assim que chegou, a polícia bateu e invadiu a casa, a irmã e o cunhado fugiram e deixaram Luana para trás, sem explicar nada.

Luana foi condenada por tráfico de drogas e não tem mais notícias da irmã e do cunhado. Com o dinheiro que junta do trabalho que faz no presídio, pretende retornar a Salvador e nunca mais pisar em São Paulo. Ela trabalha como faxineira, ganha trezentos reais por mês.

Dona Sônia, evangélica, temente a Deus, trabalhou na mesma empresa durante 33 anos. Vivia entre sua casa e o trabalho, uma senhora muito boa, de 63 anos. Adotou uma moça que morava na rua, perto de sua casa, e o bebê desta. Ela criou os dois. A moça tinha problema com alcoolismo, e dona Sônia conseguiu salvá-la.

Dona Sônia morava em uma casa no mesmo quintal que seus netos, traficantes de drogas. Ela, além de trabalhar na mesma empresa durante

29 DE JULHO DE 2019, SEGUNDA-FEIRA

todos esses anos, costurava para o bairro. Pediu para um de seus netos levar uma encomenda, um dos que não fazia nada de errado, trabalhava e a ajudava, mas a polícia invadiu a casa e levou todos, até um vizinho que havia emprestado um *videogame* aos moradores traficantes. Dona Sônia, sem saber do que se tratava, achou uma balança em casa, colocou na bolsa e foi pra delegacia. Ao chegar lá, disse aos policiais que a balança ficava em sua casa todos os dias e que era de seu neto, mas que ela guardava.

Conclusão, foi presa junto com os netos. A moça adotada não pôde visitá-la, pois não tinha o mesmo sobrenome... Vocês sabem como é adoção de pobre, não tem registro de maternidade, é colocar dentro de casa e pronto.

Os netos confessaram, disseram que nem ela nem o vizinho faziam parte do esquema, os patrões também testemunharam a seu favor, até os policiais da base ao lado de sua casa, que a viam sair para trabalhar e voltar todos os dias no mesmo horário, foram testemunhas, mas nada adiantou. Ela continua presa. Não dá pra acreditar na "justiça" deste país.

Amanhã, dia 30 de julho, completa um mês que parei de fumar. Ainda bem que não sinto falta, só quando fico ansiosa ou nervosa. Amanhã também teremos a visita dos direitos humanos; a direção está em polvorosa, preocupada com o que falaremos.

A companheira nova que estava do outro lado rapidamente foi transferida para junto de nós. Eu não contei a vocês o erro deles, né? Pois bem, desde a semana passada colocaram uma mulher isolada de todas, dizendo que ela estava no "seguro". Ela ficou a semana toda trancada, sem convívio, isolada. Só saía da cela para tomar banho e logo retornava.

Uma das meninas que trabalha na secretaria perguntou ao diretor como ficaria a menina do seguro.

— Seguro? Que seguro?

Então ele de imediato ligou no plantão, mandou colocá-la em convívio, xingou os funcionários de burros etc.

29 DE JULHO DE 2019, SEGUNDA-FEIRA

A moça já havia explicado a todos os plantões que não era seguro, mas nunca foi ouvida. De certa forma, isso a prejudica... E se fosse em um local barra-pesada? Até ela explicar que não era seguro, já era. As meninas que fazem parte da cela especial dizem que, para o pavilhão, já somos meio que seguro, pois não fazemos parte do convívio, então têm que se explicar bastante para elas quando vão juntas para a audiência no fórum.

Que Deus me livre de passar por mais esse tormento.

Nosso telefone sem fio funciona todos os dias. A gente se comunica depois da tranca por boqueadas, as meninas que têm aparelho de TV ou rádio me passam as notícias. Elas sabem quanto sou viciada, até já aprenderam a gostar também. Ensinei para algumas que, dependendo das leis, sua prisão é influenciada, que a prisão de cada uma se baseia também na política.

As presas do pavilhão se comunicam pelas janelas, e, como são muitas, pense na falação. São duas presas por cela lá no pavilhão; na ala das psiquiátricas, não sei. Tem também as doentes, algumas terminais, e essas eu ouço gritando: "Me tira daqui, Deus. Eu vou morrer". Tem os casos das que tentaram suicídio. As médicas da cela especial ajudaram a socorrer; se dependesse dos oficiais, a reeducanda nem sobreviveria. Ainda acharam ruim que a senhora pediu ajuda à médica da especial, sendo que, se a reeducanda que tentou se matar morresse, seria a guarda quem responderia! Dá pra entender?

Teve uma que tentou chamar atenção fingindo que ia se matar; nesse caso, o tiro saiu pela culatra, quase que ela morre de verdade. Se a reeducanda da cela especial não tivesse visto, ela estaria morta neste momento. Nós, da cela especial, não podemos ter contato com as outras presas; se nos veem falando com elas, vamos para o castigo por trinta dias, sem ver o sol, sem ver ninguém, e o processo ainda para por um ano.

Às vezes me sinto como uma garota rebelde de filme, do tipo que o pai colocava no internato só porque ela não fez a vontade dele.

É como se meu pai fosse o governo e eu não tivesse domínio sobre minha vida.

29 DE JULHO DE 2019, SEGUNDA-FEIRA

As freiras são as guardas; as madres são as mais antigas. Tudo na vida de certa forma remete ao passado, e "machos, brancos, capitães, dominadores, coronéis" sempre querendo ser os senhores dos senhores, sempre em troca de grana. Esse povo manda matar até a mãe pra ficar no poder.

As companheiras estão me pedindo para me candidatar a vereadora no próximo ano, elas querem alguém que conheçam – e, acredite, já começaram a fazer campanha dentro da penitenciária. Quem sabe, né? Essa seria mais uma forma de lutar contra a injustiça, ainda mais depois desse intercâmbio cultural que estou vivendo. Eu sei o que elas passam, eu sou uma delas, não sou médico nem homem, sou mulher e reeducanda. Ninguém melhor que nós para nos defender, para saber do que precisamos e o que passamos. Este livro não traz estórias encantadas, aqui não tem nada de encanto.

Quase sempre tenho que me fazer de forte, pois sempre uma de nós está triste, desesperançosa. Eu solto palavras certas e precisas, nem sempre aliso, tem horas que tenho que dar um choque de realidade. Já disse que isso aqui é um presídio, não é uma colônia de férias.

Quando preciso chorar, choro sozinha, no quarto que me foi emprestado.

O que ganho e o que perco, ninguém precisa saber, como diz Lulu.

Estou pensando em montar uma ONG para ajudar as reeducandas que não têm oportunidade. Quero fazer esse projeto para durante a prisão e depois.

- Uma cooperativa de trabalho durante o cumprimento da pena. Pode ser por meio de parcerias de empresas para elas terem uma renda e uma profissão quando saírem, uma requalificação para o mercado de trabalho.
- Essa mesma ONG, após a saída das presas, as indicaria para vagas em empresas parceiras. Seria uma espécie de cotas nas empresas, em diversas áreas. No entanto, só poderiam ser indicadas as que trabalhassem na cooperativa durante o cumprimento da sentença. Não seria só em uma área, mas em várias, pois tem muita gente qualificada nos presídios.

29 DE JULHO DE 2019, SEGUNDA-FEIRA

Antes da indicação à vaga, haveria um teste para conferir a aptidão para a profissão escolhida.
- Bolsas em escolas e universidades funcionariam também como uma espécie de cota. Nessa ONG, só trabalhariam ex-detentas com nível superior. Temos aqui todas as áreas de que uma empresa precisa para funcionar. Essa, sim, seria uma forma de reeducar – não em uma jaula com uma lavagem, que eles chamam de comida, sem ressocializar ninguém.

30 DE JULHO DE 2019, TERÇA-FEIRA

Hoje o dia começou bem cedo, pois o pessoal de diretos humanos veio falar comigo e Ednalva. Vieram junto de uma comissão do Conselho Estadual de Defesa dos Direitos da Pessoa Humana (Condepe). De início, Heloísa da Silva, minha amiga, me abraça e chora; então, pedi pra parar, porque quem tem que chorar sou eu, e eu não quero chorar. O deputado Paulo Fiorilo veio junto.

Pelo andar da carruagem, pelo teor da conversa, tô achando que ficaremos presas por um bom tempo. Já estou preparando meu estado físico e mental para o pior. E detesto quando as pessoas vêm me trazer notícias ruins, a mente fica a milhão, aqui a gente se agarra a qualquer fio de esperança.

Todos os dias, na parte da manhã, acordo com o coração esperançoso, cheio de vida, acreditando que a liberdade vai chegar; na hora da tranca, o desespero.

Falei com eles sobre a minha visita, e o diretor já ficou preocupado, querendo punir os responsáveis. Não faz mais que a obrigação; afinal, a visita é sagrada.

Esses dois últimos dias do mês são os últimos do diretor. Agora vem uma mulher que está incomodada com as minhas entrevistas; soube hoje que elas estavam falando sobre mim. "Agora todo dia tem entrevista? Já que ela é tão famosa, vou transferi-la para Tremembé. Depois que rouba o dinheiro do povo quer dar entrevista."

Fico questionando como o ser humano é invejoso, impiedoso e julgador. Essa mulher nem me conhece, e, além do mais, eu não devo nenhuma satisfação a ela, seu trabalho é cuidar da penitenciária, não da minha vida.

Já que ela estava tão incomodada, por que não disse isso ao povo dos direitos humanos? Não é a ela que cabe minha transferência. Ela vai ter que me engolir durante o período que fico por aqui. Só não tomo nenhuma providência contra ela para as outras não perderem o emprego. Além disso, uma mulher dessas não merece tanta importância, uma hora eu saio daqui e ela vai ficar o resto da vida presa na própria amargura.

30 DE JULHO DE 2019, TERÇA-FEIRA

Mulher invejosa é uma coisa séria, é preciso tomar cuidado. Vou contar o caso da nova companheira, a que foi colocada no lugar errado. Ela é professora e mora no litoral, conheceu um cara, se apaixonou. O cara foi preso, ela foi visitá-lo, e eles estão juntos há três anos. Esse cara a pediu em casamento – até aí, tudo certo. Ela sempre comprava a comida dos dias de visita em uma pensão onde ficava todos os fins de semana, porque o presídio do cara é no interior.

Seu namorado tinha um "amigo" de confiança, um ex-cunhado que sempre ajudava nas compras quando ela ia visitá-lo. A irmã desse "amigo" era ex do atual noivo da professora e, enciumada por não ser ela a noiva, colocou drogas dentro dos alimentos. Uma embalagem de lasanha com sete pacotinhos de farinha. A embalagem estava muito bem fechada, só encontraram por causa do raio X.

A irmã e o "melhor amigo" sumiram sem deixar rastros, e a professora está presa, aguardando audiência. O noivo continua preso.

Hoje foi um daqueles dias em que precisei camuflar a tristeza... Não gosto quando alguém vem me dar má notícia, parece que vou passar a vida toda aqui. Eu me sinto condenada à prisão perpétua, parece que me trancaram e jogaram a chave fora. Sinto saudade da minha família e de amigos, vontade de abraçá-los. Não está sendo fácil viver aqui – não pelas pessoas, mas pelo lugar e pela injustiça que sofro. Não é possível que Deus não esteja vendo isso. É muito difícil ser forte o tempo todo, os sentimentos oscilam a cada dia. Tem vezes que eu tô tão forte que ajudo as outras, tento resolver o problema de todas; quando eu tô mal, me tranco no meu quarto e me isolo.

Já pronta pra dormir, recebi a melhor carta desde que estou aqui. Minha linda irmã Lili me escreveu palavras lindas. Vejam que a força do pensamento tem poder: nas linhas anteriores, a tristeza; aí pensei, e Deus logo mandou essa carta chegar em minhas mãos. Junto veio uma foto nossa, as minhas irmãs e minha mãe maravilhosa. Mostrei a todas as meninas, que acharam minha família linda. Hoje durmo mais aliviada.

30 DE JULHO DE 2019, TERÇA-FEIRA

    A melhor coisa do mundo é dar orgulho a quem te ama. Minha amiga Cacau, a Claudete, também me escreveu. Eu tô indo dormir mais em paz do que já estive, vocês não sabem quão alegre a carta me deixou, veio pra me tirar toda tristeza do peito. Minha irmã é linda, me enche de orgulho.
    Todas as vezes que eu me sentir triste, voltarei a ler a carta; todas as vezes que achar que sou o centro das atenções, vou me beliscar. Há pessoas que contam comigo, não posso deixar esses momentos nem esses pensamentos me pegarem. Não é justo que eu caia, que me deprima, mesmo nessa situação, eles acreditam em mim, eles confiam em mim, e não posso falhar.

31 DE JULHO DE 2019, QUARTA-FEIRA

O melhor dia desde que me prenderam foi hoje. Tive tantas surpresas boas... Logo pela manhã, me acompanharam até a porta do pavilhão, onde o diretor me aguardava. Quanto suspense. Perguntei a ele aonde estava me levando.

— A deputada Erica Malunguinho está a sua espera.

Meu sorriso foi de orelha a orelha.

Geralmente as presas da cela especial recebem as visitas dos advogados no salão, mas eu recebo no salão presidencial. Ô, lugar velho, brega, com a foto de todos os diretores que já passaram por aqui, só branco, coronel, senhores feudais.

Quando entro, tenho a melhor surpresa do mundo: Lua Leça, meu amor, Marina Piotto, meu amor, Claudete, a Cacau, meu amor, junto com a Erica, dra. Allyne Andrade e um dos seguranças de Erica. Foi nesse dia que dra. Allyne assumiu meu caso, a pedido de Erica. Escrevi um bilhete avisando ao dr. Ariel de Castro, que nunca me visitou, não informou sobre nada do processo esse tempo todo, dizendo que ela iria assumir o caso junto com ele, esse era meu pedido.

Abracei Erica com tanta força, Ednalva também estava presente, fizemos uma roda para conversarmos. Erica me presenteou com um livro, *Cartas da prisão de Nelson Mandela*.

Nós nos abraçamos aos prantos, ficamos alguns minutos abraçadas, nos beijando, nossa! Como aquilo foi mágico, foi coisa de Deus, por um instante achei que minha vida estava de volta em minhas mãos, minha melhores amigas estavam comigo, elas estavam de corpo presente, não somente em cartas ou pensamento. Eu não deixei de agradecer e dizer que as amo, não consegui soltar-lhes as mãos. O cheiro da Lua ainda em minha blusa me serviu de lembrança de tudo o que vivemos e ainda vamos viver em breve.

Ficamos por muitas horas juntas, uma manhã inteira. Falamos muito, soube de tudo que acontece lá fora, minhas amigas são presente de Deus, elas deixaram seus empregos para ajudar no meu processo. Thasya Barbosa e Marina se demitiram para apoiar minha causa. Elas disseram

31 DE JULHO DE 2019, QUARTA-FEIRA

que transformei a vida delas, mas só fiz mostrar o caminho, elas podiam ser quem sempre foram, só precisavam descobrir.

Cacau me disse que agora ela entendeu o que eu sempre disse sobre a luta, disse que depois da minha prisão ela aprendeu a se posicionar e tomar frente. Fiquei feliz em poder de alguma forma transformar a vida dessas mulheres.

Soube que meu trabalho está sendo dividido entre cinco pessoas. E a Marina me perguntou: "Como você e sua mãe conseguiram dar conta de tudo isso?".

Disse a ela que isso já estava no meu sangue e que a necessidade nos faz dar conta de tudo.

Cacau veio com uma blusa em que se lia "PRETA LIVRE" e duas asas ao lado da frase, arte de Thasya Barbosa. Chorei de tanta felicidade. Elas me amam e acreditam na minha inocência. Mas enxerguei algo errado na frase, disse a ela que faltavam dois "S", que nossa luta sempre será em plural; portanto, de agora em diante, "PRETAS LIVRES", "LIBERDADES PRETAS".

Lua, meu amor, me trouxe uma notícia linda. O doc *Baianidades*, da Mimi (Gadú), vai para festivais de cinema mundo afora, e, além de eu ser uma das personagens, assino a produção executiva, e todas as mulheres que participaram assinam a direção.

Tive notícias de uma grande irmã, Monique Evelle. Eu amo essa menina, é outra que me defende muito, também está lá fora lutando por mim.

Val Benvindo do Ilê, na Bahia, está em oração por mim, o Ilê inteiro, até a Bahia sabe que sou inocente, a terra que me fez, o lugar de onde minha mãe fugiu para não morrer nas mãos de um homem, meu pai.

O Bituca me mandou um beijo, diz que me espera em seu show. Em breve, meu amigo.

Percebo que minhas amigas se impressionam com o jeito que eu falo, com a força da minha voz.

Marina parecia já estar treinada por mim; Lua saiu mais forte, despreocupada; Cacau, mais viva, com mais garra, disse que todos da ocupação estão indignados com minha prisão.

31 DE JULHO DE 2019, QUARTA-FEIRA

Enfim eu tenho uma mulher preta pra representar o meu caso. Uma advogada negra, uma mulher. Me despedi delas aos prantos de alegria, só soltamos as mãos quando elas estavam saindo, desfilamos pelo salão abraçadas, na saída nossas mãos se soltaram até os dedos ficarem distantes e os braços se esticarem.

Sobre o meu caso, ainda espero a "justiça" decidir se fico ou saio, e todo dia chega um assunto diferente. Eu acredito mais em Deus, nas orações do povo, que na "justiça".

Quando digo que tenho que parar de ser o centro das atenções, é verdade. Hoje soube que o esposo de uma amiga foi preso, taxista, não sei ao certo o que houve, mas sei que os dois são pessoas de bem, são muito trabalhadores. Os dois moram na ocupação, têm seis filhos, antes da minha prisão o de dezoito anos havia sido preso, e agora seu esposo... Meu Deus, essa mulher é guerreira.

Ela trabalha durante o dia, coloca as crianças na escola. Enquanto o marido dorme, está no táxi trabalhando, às 16h retorna, pega as crianças na escola e faz o jantar. O esposo sai pra trabalhar à noite no táxi e retorna só no outro dia pela manhã.

Por isso, tenho que parar de dizer que tenho problema. Essa mulher tem o esposo e o filho presos, ainda terá que sustentar os outros cinco filhos sem ajuda. Meus problemas, diante dos dela, não são nada. Tenho que ajudar mais, e é por essas pessoas que preciso me manter de pé.

O dia ainda não terminou, me chamaram mais uma vez ao salão nobre. Era a entrevista para a revista *Marie Claire*[*].

Foi tão forte que até o diretor se emocionou, me disse que não via a hora de eu ir embora, me disse que estava nítido que eu era inocente. Na conversa, me perguntaram quais mulheres me inspiraram.

---

[*] Disponível em: <https://revistamarieclaire.globo.com/Mulheres-do-Mundo/noticia/2019/08/preta-ferreira-estou-presa-pois-justica-no-brasil-e-seletiva-racista-e-tem-lado.html>; acesso em: jul. 2020. (N. E.)

31 DE JULHO DE 2019, QUARTA-FEIRA

Respondi o seguinte:
— Minha mãe, Marielle Franco, Monica Benicio, minhas amigas, Dandara, Maria Felipa, todas as presas políticas, todas as mulheres do movimento, todas as mulheres trans, mulheres indígenas, todas as Marias da Penha, todas as mulheres que lutam por justiça.

Fizemos fotos em alguns corredores do presídio, na frente das reeducandas, daquela diretora de que falei anteriormente. Como sempre, o assunto da penitenciária sou eu. Amanhã, na parte da manhã, tenho outra entrevista. Sendo com Jornalistas Livres, ao menos verei mais pessoas amigas.

Ainda bem que deu tempo de participar do culto que acontece todas as quartas; eu gosto de participar, é bom ter momentos de intimidade com Deus. Quando eu estava na rua, criticava a Igreja; quando eu fui presa, eles me deram uma palavra de conforto. Minhas críticas são por usar o nome de Deus em vão, por venderem terreno no céu, julgarem quem vai pro céu ou pro inferno. Eu sempre acreditei em Deus, mas acho que algumas igrejas mentem, usam o nome Dele em vão, mas depois vi que algumas realmente têm um trabalho dentro dos presídios e me deu vontade até de ajudá-las. Quem sabe faço isso quando sair daqui. É importante uma palavra de acalanto sem julgamentos quando estamos nesse lugar.

Parece que Deus realmente fala conosco através delas.

Na hora da tranca, vejo duas amigas, inocentemente presas, chorando depois da visita do advogado.

Seus HCs foram negados. O caso delas é aquele do chefe 171, Daiane e Valeria; ele colocou o nome delas em duas empresas frias pra lavar dinheiro. Esse cara ficou milionário roubando aposentados de todo o Brasil, e disseram que na casa dele tinha até elevador.

Uma senhora de 83 anos, dona Lúcia, também foi presa. Ela ficou lá em Franco da Rocha por não ter nível superior. Uma vez ela me disse que, faltando um mês pra se formar na universidade, ela fugia das aulas e ia para o samba. Ela nunca imaginou que aos 83 anos seria presa... No fim

31 DE JULHO DE 2019, QUARTA-FEIRA

da vida, depois de viver tantas coisas... Seu HC também foi negado, e eu soube que a psicóloga do presídio não deu o laudo para ela responder em casa. A mulher do Cabral pode. Bela "justiça" a deste país.

Dona Lúcia foi envolvida nesse esquema, pois seu esposo já falecido era associado da empresa, e, no caso de morte, ela assumiria em seu lugar. As duas já não trabalhavam na empresa havia seis anos, mas o chefe larápio as fez assinarem alguns documentos, e, com isso, deu-se a prisão. Rezo a Deus para que elas saiam logo também. Mulher sempre leva a pior. Esses homens escrotos ferram com tudo.

Lembra aquela música dos Racionais: "Aqui estou mais um dia, sob o olhar sanguinário do vigia. Você não sabe como é caminhar com a cabeça na mira de uma HK".

Eu sei como é viver assim. Quando cheguei aqui e vi as muralhas, foi a primeira coisa que cantei, soube exatamente o que eles dizem com a música. Ainda por cima tem uns que dão em cima da gente descaradamente, nojentos. Tem vários estilos, tem o Rambo, tem o gordo que acha que é sarado, tem o cantor etc. O cantor para na minha "janela" pra fazer serenata, e o que ele mais canta é pagode dos anos 1990; tem dias que ele mete umas músicas românticas, e eu acho graça. Mais um capítulo da novela *PFS* (Penitenciária Feminina de Sant'Ana).

Todas as noites, a gente inventa um assunto pra ficar falando na boqueta, é um jeito de tentar passar o tempo. As noites são solitárias, a gente só consegue se ver no outro dia quando abrem as portas, às 9h da manhã.

Já pedi um rádio e uma TV no meu pecúlio, pois não podem vir de fora. Funciona assim: temos uma conta em que pode ser depositado até um salário mínimo, pois há produtos que não entram no jumbo e que têm que ser comprados da casa. Papel higiênico é um desses produtos – tudo isso porque entraram com drogas dentro do papel.

Por causa de uma, todas pagam, funciona assim aqui.

1º DE AGOSTO DE 2019, QUINTA-FEIRA

Primeiro dia de um novo mês, e eu ainda aqui em Santana. A diretora nova não para de falar no meu nome – e hoje ela soltou mais uma. A fiação da cela especial queimou, as companheiras que trabalham pediram pra trocar, só funcionava um chuveiro para quinze, geralmente demora duas semanas pra arrumar. Ela disse que era pra arrumar logo pra eu não falar sobre isso nas minhas entrevistas... Fora que ela disse que eu era uma bandida que vivia roubando os pobres. O mais engraçado é que para mim ela não diz nada, na minha frente ela se faz de santa. Só não chamo os direitos humanos novamente por causa das outras companheiras.

Fico aqui pensando que deve ser muito ruim estar no lugar dessa mulher infeliz, então até entendo a amargura dela, não vou dar ibope nem sair da minha paz. O inimigo está me testando, mas Deus é maior, não vale a pena, deve ter bênção chegando, não posso perder o foco.

Sobre a entrevista com os Jornalistas Livres, eu me arrumei cedo. Como haviam marcado para as 10h da manhã, fiquei pronta desde as 9h30. Ninguém apareceu, ninguém me informou se viria ou não, não sei o que aconteceu, só sei que fiquei na maior expectativa de rever meus amigos e nada aconteceu, nem o Vinicius, que vem toda semana, apareceu. Na última visita, ele me disse que viria na segunda ou na terça – e hoje é quinta. Tudo bem, ontem ainda não foi superado.

Agora são 17h e já estou na tranca, que é o pior momento. Às vezes fico olhando o anoitecer através das grades, ouço as maritacas e converso com Deus, que é o único nessa hora que me ouve.

Nesses últimos dias recebi tantas cartas que vou demorar para responder a todas. As "senhoras" que cuidam da correspondência disseram que eu sou a que mais recebe cartas no presídio, e a diretora não gostou nada de saber disso. Azar o dela.

Dona Regina, uma das guardas, a mais legal de todas, humana, hoje me contou uma história, chorando de emoção. A história tem a ver comigo.

Ela estudou direito, e seu TCC teve a ver com direitos das mulheres negras e moradia. Ela me disse que há três anos o pai lhe apresentou meu trabalho e que eu fui tema do seu TCC. Nossa, quase a abracei. Ela me disse que foi confirmar meu nome e, quando viu que realmente era eu, se emocionou muito, ligou imediatamente para o pai para contar onde eu estava.

Dona Regina me disse que meu trabalho é lindo e que o Brasil precisa de mais pessoas como eu. Ela me disse que meu clipe e minha voz são as coisas mais lindas que ela pôde conhecer mais de perto.

Nossa, vocês não imaginam como me senti, como fiquei orgulhosa da minha luta e de tudo o que faço.

Suas palavras finais foram: "Não desista da sua luta, você só está aqui porque está fazendo o trabalho certo, eu acredito em você e na sua inocência".

Só de saber que essas pessoas foram encorajadas por mim e pelo que me viram fazer, já vale a pena percorrer todos os caminhos, vale a pena lutar por um país melhor – e que o processo comece pelas mulheres, que já sofremos demais.

Tô um pouco angustiada hoje, sei lá o que houve, acho que foi a notícia do HC das meninas... Quando vi as desculpas do juiz no processo, me fez desacreditar ainda mais da "justiça".

O juiz deu a mesma sentença que as outras, indicando, em negrito, que ela poderia pedir prisão domiciliar, pois tinha uma filha de cinco anos. O problema é que ela não tem filhos. Ou seja, só mostra que ele nem se deu ao trabalho de ler, de trabalhar, fazer jus ao salário que ganha. Ele copiou e colou das outras rés.

Como pode a "justiça" deste Brasil funcionar dessa forma? Eles não estão nem aí para nada, agem como se fossem acima da lei e de Deus. É indignante saber que é assim que as coisas funcionam neste país, que não há seriedade nem no Judiciário.

Sobre o meu caso, nenhuma notícia. Isso me deixa tão mal, tão nervosa, apreensiva. Parece que vou morar aqui eternamente... E não vejo a hora de estar livre, nos braços do povo, isso aqui é um tormento sem fim. Todo dia arrumo uma coisa diferente pra fazer, mas, quando nenhum advogado

1º DE AGOSTO DE 2019, QUINTA-FEIRA

vem, aí piora. Acho que, desde que estou aqui, para me dar notícias, só o dr. Augusto, em 10 de julho, veio dizer que meu HC foi negado devido as férias do STF e que só aconteceria alguma coisa em agosto, quando Toffoli julgasse. Espero em Deus que seja neste mês, não aguento mais.

Hoje recebi uma carta lá de Curitiba, de uma amiga muito querida que não vejo faz tempo. Essa amiga é como uma irmã, nós nos conhecemos desde adolescentes, e na carta ela descreve a minha luta, ela descreve coisas que nunca imaginei, na carta ela descreve como ser forte e como confiar em alguém. Ela já me emprestou o ombro muitas vezes, ela me conhece como ninguém.

Escrevo tanta carta que já terminei com a tinta de três canetas, esta que uso agora já está no fim também; se fosse no celular, mandaria mensagem de áudio e pronto. Até o meio de comunicação é atrasado, deveria ter um jeito mais avançado, eu não sei se é por que estou mal-acostumada com o celular, que é rápido e prático, ou se desaprendi a escrever tanto assim. No fundo, até acho cartas românticas e lindas, o problema é meu braço, a tendinite dói muito; no entanto, como gosto de escrever, às vezes, mesmo com dor, continuo.

O problema nisso tudo é o gigante volume de cartas a que tenho que responder. Se no celular eu não deixava de falar com ninguém, não será por cartas que farei isso. Acho emocionante receber correspondência, tem umas aqui de crianças, com desenhos. Só sei que as palavras mais mencionadas são: "Eu te amo", "você faz falta", "volta logo".

Como é ruim você querer voltar e não poder. Ah, se dependesse apenas de mim...

Minha sobrinha acha que estou em turnê. Disse para as amiguinhas que estava fazendo show. Ainda bem que é inocente ainda. Espero revê-la em breve, tô com muita saudade.

2 DE AGOSTO DE 2019, SEXTA-FEIRA

Hoje finalmente a entrevista com os Jornalistas Livres aconteceu[*]. Eles informaram a casa no dia anterior, porém, se "esqueceram" de me informar que não seria no dia marcado.

Falei de peito aberto sobre o sistema prisional, sobre aquelas que estão presas injustamente, sobre o número de mulheres que, assim como eu, estão lá sem julgamento – eu estou há 39 dias, e há outras que estão há anos, não têm família, não têm advogado, não têm expectativa de vida… Mesmo presa, eu me sinto privilegiada, tenho cela especial, advogados, família e amigos. E as outras? Por que a injustiça me segue em todos os lugares?

É impressionante como o sistema nos presídios também joga as mulheres umas contra as outras.

Sim, porque o tratamento muda pelo nível escolar – das quinze presas em cela especial, só três são negras. Por aqui podemos ver a falta de oportunidade com que nós, negros, lidamos: o que restou para nós foram empregos e salários mais baixos; tudo para a gente branca é melhor.

Engana-se quem acha que os piores crimes foram cometidos por negras. Os piores e mais bárbaros são os das mulheres brancas e de classe média alta. Isso não saiu em nenhuma pesquisa, fui eu que ouvi todas enquanto estive com elas, ouvi todos os crimes, como planejaram, como executaram etc.

Conclusão: pare de julgar, pare de se achar, você não se importa nem sabe de nada.

Sobre a entrevista, foi tão emocionante quando falei de minha mãe, quando a defendi com unhas e dentes. Carmen é a mulher mais guerreira do mundo.

O diretor e outros funcionários estão tão curiosos, acreditam tanto em mim e no MSTC que até vão no almoço de domingo. Ele tá chamando geral pra conhecer a ocupação. Vai rolar um almoço com MST e MSTC…

---

[*] Disponível em: <https://www.youtube.com/watch?v=e3tAj6JhJxI>; acesso em: jul. 2020. (N. E.)

2 DE AGOSTO DE 2019, SEXTA-FEIRA

Tudo o que eu sempre quis quando tinha liberdade está acontecendo agora, depois de me prenderem injustamente. Mas em breve estarei lá fora aproveitando tudo isso.

Penso nos contratos que perdi com as emissoras grandes por causa dessa prisão e acredito que coisas maiores melhores virão. Cada um que me recusou, que não acreditou em mim, vai se arrepender.

O pastor falou que a emissora que me avacalhou, que destruiu minha reputação, vai ser a mesma que vai me honrar, que vai me querer em diversos programas, e eu acredito muito. O mundo dá voltas, vocês ainda vão ver isso acontecer. Amém!

3 DE AGOSTO DE 2019, SÁBADO

Vou descrever para vocês as piores cenas que presenciei em minha vida.
- ver uma mãe presa chorar pelo filho;
- ver uma filha presa chorar pela mãe.
Como é sufocante presenciar esse tipo de situação. Vi uma mãe chorar por não poder ver seu filho há dois anos, uma criança de três aninhos, a mãe presa por rejeitar o pai, por não querer mais saber dele (já contei essa história). Da Taci. Neste mês é aniversário da criança – e já é o segundo que ela perde. O cara não deixa nem a vó, mãe da reeducanda, ver a criança direito. Com isso, mais uma vez constato que os homens não prestam, acham que somos propriedade deles, usam até criança inocente pra nos atingir.
Vi uma reeducanda receber a notícia de que a mãe havia falecido. Como eu queria confortar aquela mulher, como eu queria arrancar a dor de seu peito. Foi preciso uma enfermeira, o diretor e uma psicóloga para dar a ela a notícia, uma cena triste, forte, que me impactou para o resto da vida. No momento, pensei: "Quero sair daqui, quero ver minha mãe, quero abraçá-la e dizer quanto eu a amo". Quando vi essa cena, estava com a dra. Amanda Cayres, foi muito triste.

Hoje finalmente consegui ver minha irmã Kellen: de fora do portão já demos as mãos e começamos a chorar. Depois de quarenta dias sem ver ninguém da minha família, ninguém que eu pudesse chamar de meu. Nós nos abraçamos tanto, parecia que o mundo era só meu e dela, aquela carinha me olhando e as lágrimas em seu belo rosto. Quantos beijos e juras de amor trocamos – esse, sim, é o verdadeiro amor, o de minha família.
Passamos uma tarde linda juntas, não queríamos nos desgrudar. Na hora de me despedir, foi a pior parte: ter que ficar e ver ela partir. Eu a vi chorar escondida pra não me deixar ver e me fingi de durona para ela também não me ver chorar.
Amanhã é o encontro dos movimentos pacíficos e irmãos.
A junção do MSTC urbano com seu irmão mais velho, MST. Latifúndio. Tudo que eu sempre almejei está acontecendo agora, depois de

3 DE AGOSTO DE 2019, SÁBADO

minha prisão. Todos os meus projetos estão sendo concluídos pelos meus amigos, ainda bem. Que surjam mais forças para somar, em breve farei parte disso junto a todos.

Enfrentar cadeia não é pra qualquer um, gera confusão mental, você se revolta na carne e se alivia na alma. A gente se revolta quando sabe que não deveria estar neste lugar, ainda mais injustamente. Dá vontade de matar, cometer um crime de verdade. O alívio da alma é saber que isso vai fortalecer seu espírito, que você vai ser maior quando conquistar a liberdade, que nenhum sofrer é eterno.

Hoje refleti sobre meu lugar de vantagem social, mesmo presa. Penso que devo mudar e ajudar mais pessoas enquanto puder, parece uma missão.

Agradeço a Deus pela minha família... Como ela é linda! Hoje, quando olhei a carinha da minha irmã Kellen, percebi quão amada sou, nossas conversas, nossos abraços, que conforto. E as manas que não têm isso, que nunca tiveram o apoio da família? Quantas manas esquecidas no porão deste navio negreiro. E por que o navio tem esse nome?

Eles nunca nos deixam em paz. Tão sempre implicando com a nossa cor. O que de tão ruim fizemos, nós, povo preto, pra essa "gente"?

A escravidão aqui no Brasil continua, só mudou de nome. Eles me chamam de reeducanda!

Sinto como se tentassem me colonizar.

Quem disse que preciso de reeducação? Aqueles que me forçaram a estar neste lugar foram os mesmo que dizem fazer a "justiça", os mesmo que cometem um crime atrás do outro. A "justiça" deste país é seletiva e racista, e eu nunca serei a tal Preta de "alma branca", vou sempre ser a Preta que tem sede de justiça para o povo preto.

O Brasil é o terceiro país com o maior número de mulheres encarceradas; dessas, a maioria é de mulheres negras – ou seja, negro aqui vai para o tronco. As cadeias são herança da escravidão, assim como os piores empregos. E ainda tem gente que acha que cota é esmola, que cota é reparação.

3 DE AGOSTO DE 2019, SÁBADO

    Outra coisa que me choca muito é o povo achar que a maioria das mulheres está presa por tráfico de drogas. Não é. Não se engane. Tem muita mulher criando coragem e matando os homens que as espancaram, que, de certa forma, as fizeram sofrer. A maioria aqui, e nos lugares que passei, é 121. Vai achando que ainda somos o sexo frágil dessa história.
    Eu até brinco dizendo que, quando um cara folgado vier tirar uma comigo, vou dizer que sou 121.

5 DE AGOSTO DE 2019, SEGUNDA-FEIRA

Ficar presa é muito estranho, parece que você não tem domínio da sua vida. Agora mesmo, escrevi umas cartas para amigos. O envelope tem que ser aberto, pois os funcionários, antes de enviar a carta, leem e avaliam se pode ou não enviar! E, quando você recebe uma carta, é a mesma coisa: eles analisam antes de entregar.

É por isso que os funcionários sabem da vida de todas as reeducandas. Imaginem os comentários entre eles. E se você se relacionar com alguém por cartas, digo, amorosamente, eles devolvem, a depender do teor, dizem que imoralidade não é coisa para mulher direita e de nível superior mandar. Oxe, mas quem decide isso não é a própria presa?

Engraçado como nossa vida aqui dentro está nas mãos dos outros, de pessoas estranhas.

A Igreja doa várias coisas das quais os próprios funcionários se apossam, as reeducanda não recebem nada dessas doações. Como a injustiça é seguidora das pessoas menos favorecidas... Quem se apossa dessas doações deveria estar preso também. Será que não existe ninguém pra investigar esses presídios?

Depois da minha chegada aqui, eles estão receosos, até a comida "melhorou" um pouco, porque sabem que posso denunciá-los. Aliás, muitas das reeducandas esperam que eu faça isso. Eu vou fazer, sim, mas quando estiver lá fora. Vou fazer de tudo para amenizar o sofrimento dessas mulheres.

A maioria aqui na cela especial "trabalha". Cês precisam ver como são tratadas, ou melhor, maltratadas. As mulheres não se contentam em só pegar as doações, não, elas gostam de humilhar mesmo. Se incomodam com tudo, qualquer coisa é motivo de humilhação. Uma roupa mais justa, o colete acentuando as curvas, as unhas pintadas de vermelho, qualquer coisa.

Elas jogam papel no chão só pra humilhar a reeducanda, sujam todo o banheiro após elas limparem. Fazem de tudo para tirar a reeducanda do sério. Já me perguntaram como eu poderia ajudá-las ou se eu iria trabalhar lá com elas, já até pedi uma vaga, mas disseram que não têm

5 DE AGOSTO DE 2019, SEGUNDA-FEIRA

grana pra pagar mais uma. Surpreendente mesmo é o valor do salário mensal: trezentos reais – isso mesmo, trezentos reais! Imagina só as pessoas que trabalham na faxina, são todas de nível superior, mulheres que estavam acostumadas a gastar esse valor em um perfume, no salão de beleza.

Umas tiveram que aprender, pois nunca haviam feito faxina na vida... Ou seja, ao menos aprenderam uma coisa boa na cadeia. Aposto que para essas deve ser muito mais humilhante.

Elas são tratadas como presas, não como seres humanos. Mulheres têm ciúme umas das outras, e qualquer coisa é motivo, ainda mais quando a maioria das "chefes" delas, as guardas que cuidam do setor administrativo do presídio, não tem nível superior e está há muito tempo na casa; esse foi o único serviço que sobrou para elas. Até água na mesa elas pedem pra servir – é inacreditável como a soberba domina os seres humanos. Esse nem é o trabalho delas, mas, se não fizerem, é capaz de perderem o trabalho. Algumas nem têm família, e é com esse "supervalor" que elas conseguem comprar alguns produtos do presídio; sim, acho que já falei que eles vendem alguns produtos que não entram no jumbo semanal.

Cadeia é uma indústria. Se esse valor já te revolta, imagine o de Franco da Rocha?! A dona Vilma, a que faz a faxina, recebe dezesseis reais por mês. Sim, seu salário é de dezesseis reais, e vocês precisam ver quanto ela limpa, serve, organiza o dia inteiro; ela só para na hora que tem que ir para a tranca. É revoltante, né? Pois é.

Quarenta e dois dias presa e já vivi coisas demais, não vejo a hora de sair. Soube que antigamente, quando aqui era cadeia masculina, os canos sempre entupiam. Quando eles iam fazer a manutenção, achavam uma cabeça, um braço no lixo, o resto do corpo espalhado... Ainda bem que não é mais assim.

Quando eu não sabia como era o sistema, acreditava que só quem vinha presa era só quem tinha seus crimes comprovados. Quem realmente tinha cometido crime. Que nada, olha eu e muitas outras aqui. Ouvi muitas mulheres, a imprensa como sempre distorce e aumenta

5 DE AGOSTO DE 2019, SEGUNDA-FEIRA

tudo, essas mulheres não têm ou não tiveram sequer um atendimento psicológico, elas simplesmente são jogadas na prisão para apodrecer esquecidas, muitas se matam, muitas mesmo; para aguentar um lugar desses tem que ter estrutura emocional, muitas não têm família ou são abandonadas, não têm defensor nem sequer foram julgadas, algumas até já cumpriram o que tinham que cumprir.

Um caso de suicídio recente: a mulher se casou na prisão, e a companheira cuidava dela. Ela tinha depressão, então a que cuidava dela recebeu a liberdade, mas não queria ir, chegou até a agredir uma guarda só pra ficar presa cuidando da esposa. Não adiantou, foi liberta, conforme manda a "lei". Dois dias depois, sua companheira se matou, porque não suportou a solidão. Ninguém teve cuidado com essa mulher depressiva; a companheira havia pedido ajuda, mas ninguém viu nem ouviu. Quem responde por isso? Ninguém faz nada, e assim o sistema segue funcionando.

8 DE AGOSTO DE 2019, QUINTA-FEIRA

Quarenta e cinco dias presa, e hoje consegui ver a lua. Ainda estava de dia, mas pude vê-la, contemplar seu brilho... Pode parecer bobagem, mas não é. Fiquei por alguns minutos sentada, olhando o céu e pensando: "Estou privada de olhar o céu, o brilho das estrelas, de sentir o vento da noite em meu rosto".

A gente nunca dá valor para essas coisas, mas nesses 45 dias percebi como o céu é importante e lindo, como coisas tão simples do dia a dia nos fazem falta.

Eu não desejo que ninguém passe pelo que eu tô passando, é muito cruel, imagina minha irmã num lugar desses, nem gosto de imaginar, Deus é mais, esse tormento logo vai se resolver.

O mundo parece de pernas para o ar, vi na TV que Suzane von Richthofen ia ter permissão na saidinha dos dia dos pais! E eu aqui, presa por defender minha mãe de gente ruim. Ela sofreu um processo das mesmas pessoas que nos acusa novamente, foi absorvida três vezes, o que mais temos que provar? Quanta perseguição, não?

Dá pra entender? Tá tudo mudado, parece que estamos vivendo na época em que os maus têm que ganhar.

Queria tanto falar com minha mãe, até disso esse povo me privou, nem minha genitora escapou, quanta crueldade.

Depois que soube que a juíza pediu a prisão da minha irmã e da minha cunhada, fiquei muito revoltada, com um mix de sentimentos. É muito injusto tudo isso, eu poderia ficar presa mil anos, mas não queria minha família atingida.

Pensei em me matar, quem sabe se comovem e deixam eles em paz. Pensei em muitas bobagens, mas também pensei em como minha família ficaria sem mim. Aqui na cadeia as meninas estão preocupadas comigo, pior que eu falei umas coisas de gente com a mente perturbada.

Depois dessa notícia, fiquei achando que já seria condenada. É muito complô de gente ruim. Uma perda de tempo, um gasto de energia para nos destruir que poderia ser investido para salvar vidas. Não sei como esse povo não cansa de tanta crueldade, maldade.

8 DE AGOSTO DE 2019, QUINTA-FEIRA

Logo pela manhã, recebi uma cartinha delas, das presas, que lindas. Não interessa onde esteja, seja do bem.

É por essas pessoas que resisto e suporto a dura e fria realidade. Eles não vão conseguir me segurar eternamente. Sinto como se Deus me transformasse para algo maior, como se eu tivesse que passar por essa prova de fé antes de receber algo grande.

Como digo, este lugar não é para qualquer pessoa, ficar em um lugar como este sem ter feito nada é péssimo. Quando as coisas apertam, apoio é o melhor remédio, é um alívio ter o apoio da família, dos amigos, das pessoas que nem te conhecem pessoalmente, mas acreditam e sabem do seu trabalho. Não tem preço. Eu sou bem transparente, por aqui me conhecem bem, até descreveram como sou no dia a dia.

9 DE AGOSTO DE 2019, SEXTA-FEIRA

As dores que sinto em minh'alma por estar em um lugar destes sem ter cometido crime algum é tão forte, o nó preso em minha garganta... Eu não desejo pra ninguém. Sempre que me sinto cair, levo meu corpo pra outro lugar, levo meu corpo a atravessar memórias boas, memórias de alegria e amor. Memórias de pessoas que me amam e que lutam por mim. Sempre procuro ouvir outras histórias, pois sei que meu caso não é o mais grave nem o único; eu não sou a única mulher negra injustiçada neste lugar – o que é uma pena e só prova como a "justiça" é falha, lenta, seletiva, racista, opressora, entre outras coisas piores. Eu não ouvi ninguém falar, eu sou uma dessas vítimas do sistema.

O nosso país é composto por uma maioria de pessoas negras e é governado por homens brancos, machistas, racistas, que não estão nem um pouco preocupados com o futuro dos pobres. O genocídio do povo negro só faz aumentar, fora ou dentro dos presídios.

Um terço dos presos "mortos" na chacina do presídio ainda não tinha ido a julgamento, estava com prisão preventiva; eles foram detidos por serem "suspeitos". Não se tomou nenhuma providência da parte dos governantes, assim como em relação à morte do músico Evandro, que levou oitenta tiros do Exército; de Marielle e Anderson, vereadora que levou catorze tiros como queima de arquivo e seu motorista.

No Brasil, negro não tem valor algum para eles. Nos matam ou jogam atrás das grades, culpados ou inocentes. O simples fato de nascer nesta nação com a pele negra já é condenatório. Somos condenados a não ter oportunidades, estudo, hospital de qualidade, melhor emprego. O que nos reservaram foi o resto, como as carnes de porco que os sinhozinhos jogaram fora e com as quais fizemos a feijoada. Nós, negros, estamos sempre nos reencontrando, é a lei da nossa sobrevivência. Quer um exemplo vivo? Eu mesma! Quando ocupamos prédios vazios, ociosos, sem função social da propriedade, totalmente destruídos, são imóveis que estão abandonados há muitos anos.

Seus ex-donos são de famílias que dominaram a cidade décadas atrás, na maioria grandes empresários, brancos, como sempre, e que morreram ou faliram. Se ficaram como herança pra família, essa também não consegue manter, pagar a dívida alta, cuidar, cumprir a função social da propriedade.

Enquanto isso, milhares de pobres e de trabalhadores de baixa renda não têm onde morar. Tipo quando eles "libertaram" os escravos, que, sem ter onde morar, trabalhar, ocuparam as favelas, os morros. Foi o que nos (restou) – vejam só: *restou* de "resto".

Prédios ociosos, favelas. Eles não querem pobre se dando bem, eles querem pobres morando nas piores zonas, só aparecendo pelas portas dos fundos para trabalhar – o elevador tem que ser o de serviço, pois o cachorro de madame não está acostumado com negro. Até o cachorro come melhor que o filho da empregada, que fica com os restos jogados no lixo. E como mudamos isso? Juntos! É dessa forma!

É necessário tirar as vendas dos olhos e saber que isso atinge todos nós, não existe preto de alma branca; perante os racistas, sua roupa de marca não te diferencia do resto, e, se continua puxando o saco, lambendo botas de gente ruim contra teu povo, você é o capitão do mato. Na linguagem da cadeia, você é Coisa. A pior espécie de pessoa. Até no crime existe aceitação.

10 DE AGOSTO DE 2019, SÁBADO

Às vezes sinto como se eu vivesse em um filme, em uma novela. Este lugar tem momentos de comédia.

Ontem à noite chegou mais uma companheira. Até aí, normal.

Logo cedo, na hora da visita, a madame chama uma das companheiras, pedindo pra convocar alguém da administração e a faxineira para limpar seu "quarto". Mais uma daquela *socialites*, dondocas do mensalão. Fui lá, peguei um balde, o rodo e a vassoura e apresentei a faxineira pra ela. Tá aqui, amor, sua faxineira (risos).

A mulher já chegou causando, chamando a chefe da segurança, pois queria ser transferida para sala de estado-maior, dizendo ser advogada. Além do mais, ela queria pedir não só pra ela, mas para todas as advogadas da cela especial... O problema é que ela nem sequer perguntou às companheiras.

Ela foi se aproximando de mim e me causou estranheza. Fiquei longe, pois essas madames quando veem uma preta acham que é faxineira. Mas o motivo da aproximação foi o seguinte: a peste denunciou alguém da política. Não sei direito, só sei que disseram a ela que eu era do PT, e ela estava com medo. Essa polícia joga sujo, amedronta as pessoas, ela nem me disse ainda qual foi o teor da conversa, mas não me importei muito, não. Chamei ela pra jogar uma partida de dominó.

Ela foi contando seu caso, um papo nada a ver. Disse que, em 2003, denunciou, e a pessoa a processou por calúnia. Hoje é dia 10 de agosto de 2019. Ela foi presa na noite do dia 9 de agosto de 2019. Disse que, na segunda, dia 12 de agosto de 2019, já estará na rua.

Quer saber mesmo? Não duvido. Ela ainda me disse que é amiga do João Dória e que vai reclamar com ele sobre o sistema penitenciário da cela especial. Me convidou para me candidatar e denunciar o sistema penitenciário. Falei que, quando ela saísse, ela procurasse saber quem eu sou. Pediu meu telefone, mas não dei, lógico. Vou lá saber quem é? Não confio em ninguém. Só sei que aqui as dondocas tomam banho de água fria e que, então, ela não imaginava essa realidade.

Emprestei um cobertor limpo para ela dormir, mais confortável. Tá frio, e se trata de um ser humano. Falei pra ela que meu partido

10 DE AGOSTO DE 2019, SÁBADO

político, antes do PT, se chama Respeito. Eu não a conheço nem ela me conhece; daqui pra frente temos conhecimento uma da outra. Agora ela quer me apresentar a Bia Dória pra fazer projetos. Deixa ela pensar que sou boba...

Aqui dentro não tem ninguém melhor que ninguém. Como diz o diretor: vestiu calça marrom, perdeu o diploma, é presa como todas as outras.

A bonita queria alguém até pra recolher o lixo do banheiro que ela usou, é mole isso? O retrato da sociedade injusta, racista e opressora me persegue até aqui no presídio.

Fiquei vendo ela chorar na hora da tranca, desespero total, vontade de dar uns tapas, tipo o Batman batendo no Robin pra acordar. É horrível mesmo, mas ela não é a única aqui, e gente rica faz um escândalo, né? Muita frescura, pobre já está acostumado com sofrimento, deve ser por isso.

Nossa companhia: a solidão e as paredes brancas. Dei pra ela um terço que ganhei nesta semana e um livro pra ela se sentir em outro lugar enquanto lê. Se eu, que estou presa há 47 dias, ainda não me acostumei, imagina ela, que chegou agora... Eu sempre me pego questionando: "Nossa, eu tô presa mesmo?". É estranho quando a ficha cai.

Só sei que estou firme esperando o dia em que Deus vai abrir essas portas pra eu voltar pra casa.

É impressionante como nossa vida é ligada a tantas outras, por exemplo, quando alguém ora pela mesma causa que você. Seus pensamentos junto com os das outras pessoas se tornam um só, a mesma dor, a mesma vontade, os mesmos sentimentos. Assim é com as pessoas que querem me ver fora daqui: elas oram, choram, têm os mesmos objetivos. Criam uma energia cósmica, transmissão de pensamentos. E realmente funciona. Acredite, comece a emanar positividade em sua vida, você vai atrair tudo pela força da transmissão.

11 DE AGOSTO DE 2019, DOMINGO

É impressionante como afirmamos o tempo todo que somos iguais. Há sempre situações e lugares para reafirmar isso: cemitério, hospital e prisão. Não tem como se reconhecer diferente ou melhor que alguém quando cai na cadeia. O choro é igual, o sofrimento é o mesmo, e a vontade de ser livre mais uma vez também.

    Pobre que se esforça trabalhando e fica rico não está acostumado a ser rico, sempre lutou pra ser quem é; rico quando fica pobre não acostuma nunca. É muito mais difícil aceitar essa nova realidade. Quando cai na cadeia, demora pra se adaptar à nova vida. Impressionante também é gente que se acostuma a estar na prisão, se adapta e aceita a situação. Eu tô aqui há 48 dias e não consigo de maneira alguma aceitar, é cruel.

    Agora mesmo, 15h30 de um domingo de sol, já estamos trancadas. Em uma rotina comum, eu estaria com minha família comemorando o Dia dos Pais.

    Eu sei que já tem um tempo determinado por Deus para eu sair daqui, mas esperar é a pior coisa, tenho que ter muita paciência e força. Esses 48 dias trancada não retornam mais, muitas coisas se passaram, coisas que perdi e nunca mais vou recuperar. Tempo de coisas boas que não voltam nunca mais, daqui tenho certeza de que não irei dizer: "Que saudade daquela época". Saudade de ser livre.

MEU AMOR
Queria ser as palavras da singela carta que te envio
só pra ter o seu olhar voltado pra mim.
Dos teus lábios, queria ser o sorriso, pois nunca
vi magnitude e perfeição numa só junção.
Dos teus braços, queria ser o abraço mais apertado.

Da tua pele, queria ser a chuva que te molha, para
poder percorrer teu corpo por inteiro.
Das tuas mãos, o toque, para sentir o arrepio quando sente calafrio.

11 DE AGOSTO DE 2019, DOMINGO

Queria poder sentir o teu cheiro, o mesmo que disputa
com as rosas para saber qual é o melhor.

[refrão duas vezes]

A água que te hidrata, o sono que te afaga,
o amor dentro do teu coração.
As batidas que te fazem viver, o sol que te ilumina ao amanhecer,
Queria ser teu amor, pois tu és meu amor, meu amor.

Ainda que eu queira, mesmo assim não conseguirei
deixar de te amar, esse sentimento puro, sou incapaz de controlar.
Quero me inebriar com teu paladar
como quem toma uma taça do vinho mais
suave enquanto traga um cigarro.

Quero ser a saudade que sente quando está
distante de alguém que ama.
Dos teus pés quero ser os passos, pra sempre te acompanhar.
Ao teu lado, pra sempre quero estar.

Receba esta singela carta, como quem ouve uma serenata.

14 DE AGOSTO DE 2019, QUARTA-FEIRA

Aos 52 dias de minha prisão, cheguei a uma ótima conclusão: todos temos que passar por um deserto, cada um ocupa um lugar no espaço, e neste momento este é meu espaço, destinado por Deus. O que quero dizer é que ninguém, além de mim, poderia viver o que estou vivendo.

Um dia lá na frente, quando alguém disser "eu queria ser como você", vou responder:

— Cada um por si e todos por nenhum, ninguém vai querer passar por isso, então não é justo dizer que quer ser, ter a vida de outro alguém.

Eu sei que não sou nada disso que me acusam, mas, no momento, até provar que sou inocente, estou na condição de reeducanda e sou mais um número entre as presas injustamente do país, mais uma presa política. Não me faço de vítima nem me deixo mais abater. Descobri que sou gigante, que posso passar por isso de cabeça erguida, pois sei que vou sair daqui, mais cedo ou mais tarde.

As outras reeducandas vivem me agradecendo, dizem que eu trouxe melhora à estadia periódica. E muita coisa realmente mudou desde a minha chegada aqui, como se as coisas que eu fazia na rua estivessem sendo feitas aqui; por isso, digo que minha prisão não foi em vão, tive que conhecer essas mulheres e suas histórias. Mesmo presa, já consegui ajudar a libertar duas e, agora que provei, quero fazer mais.

Elas precisam de alguém para representá-las. E acreditam mesmo nos meus projetos. Uma delas já está com o pé na porta e me pediu ajuda para sair da vida do crime. É lógico que eu já arrumei o emprego para quando ela sair.

É dessas oportunidades que essas mulheres precisam, não é ajuda, ajuda se dá em outros casos. Essas mulheres inteligentes precisam de alguém que lhes dê oportunidade de mostrar a própria mudança. Tão simples de ser feito... Esse será um dos meus projetos de vida para quando sair daqui. E todas as funcionárias da minha ONG serão ex-presidiárias. A começar por todas as que passaram por mim durante esse período. Aqui cada uma tem uma formação, e é justamente por elas que começarei. Cada dia aqui é um dia a menos, eu sempre me digo isso, um dia a menos

14 DE AGOSTO DE 2019, QUARTA-FEIRA

pra quem está condenada, um dia a menos pra quem espera o alvará; a cada dia que passa a gente vai se acostumando com a realidade, mesmo com aqueles *insights* que tenho quando penso que estou presa.

Todos os dias, às 9h, ouço um programa evangélico muito criativo, no qual as familiares dos presos ouvem os recados e ligam pra mandar notícias a presos de todos os presídios de São Paulo. E, assim como eu, os presos acompanham os recados pelo rádio.

O nome é *Momento do Presidiário*, e o que me deixa pasma é que, durante todos os dias que passei ouvindo esse programa, não houve recado de um homem pra uma presidiária. É impressionante como nós, mulheres, não recebemos as mesmas atitudes cuidadosas por parte dos homens; para cada dez mulheres casadas, presas, somente um esposo vai até o fim com ela. Enquanto isso, as mulheres trincam de ponta a ponta com os homens. Eles logo substituem a companheira, mesmo que a mulher esteja presa por culpa dele. Como eu disse, a maioria das histórias que ouvi tem homem culpado no meio. Eu chamo isso de "amor bandido". Nos presídios masculinos, as mulheres até dormem na fila para visitar o preso, umas filas quilométricas.

O que faz as mulheres irem parar atrás das grades é a "paixão", o amor louco, tira a mulher do normal. Ela fica tão cega que se esquece de tudo, até o dia em que ela leva droga na cadeia a mando dele e cai, acaba presa também, sozinha, sem o homem pra quem dedicou a própria vida. Ele logo arruma uma substituta.

15 DE AGOSTO DE 2019, QUINTA-FEIRA

Hoje acordei com a melhor notícia que tive após a minha prisão. Às 7h da manhã, as presas comemoravam o resultado do segundo julgamento da minha mãe, que, pela terceira vez, foi inocentada. Três vezes o mesmo processo, as mesmas testemunhas de agora, as mesmas acusações.
Graças a Deus.
Deu na rádio logo cedo.
Que outro resultado eu havia de esperar, mesmo com todas essas canalhices à vista, ao nosso redor? Eu sempre me mantive confiante, queria estar com ela hoje pra comemorarmos. Uma pena, me separaram da minha mãe mais uma vez... A primeira foi quando eu era criança, e a segunda agora, com esta prisão injusta. Tudo bem, não vou ficar me lamentando; mantenho minha mente confiante em Deus, me ocupo o máximo que puder, estou até malhando. Aqui temos todos os tipos de pesos de academia, tudo reciclável. Garrafas de refrigerante, amaciante de dois litros, cabo de vassoura. Com tudo isso, dá pra fazer os mesmos tipos de exercícios que fazia lá fora. Estava um pouco enferrujada, mas o importante é não parar.

A rica ainda está aqui, dando uma de louca. Fingiu uma queda e foi para o ambulatório de cadeira de rodas. Na nossa frente, passou dois dias andando com um cabo de vassoura como se fosse muleta, mas era só virar as costas que ela andava normalmente. Ela quer pegar prisão domiciliar, como se fosse a cadeia que ordenasse isso... Gente rica não tem noção, mas coragem sobra.
A mulher me disse que o povo indígena precisava ser ressocializado, colonizado, e eu perguntei desde quando somos uma sociedade socializada.
Para branco, rico, falar sobre o que não sente na pele é fácil. O povo indígena precisa ser reconhecido como dono desta terra, são eles que podem reeducar pessoas como você. Me subiu uma raiva.
Já expliquei que era pra colocar os pés no chão, pois ela estava na cadeia, onde, vestiu a calça marrom, é presa como eu. Agora ela tá sentindo na pele o mesmo que eu.

15 DE AGOSTO DE 2019, QUINTA-FEIRA

A cadeia foi preparada para preto e pobre; o canto onde eu estou, somente para branco e rico. Eu não chego a ser 1% das negras em cela especial em toda São Paulo. Se juntar todas as negras, não daria esse total; ou seja, quem tem que vir parar nesse lugar são essas ricas que sonegam, roubam junto com os maridos políticos. Se me visse lá fora, nem olharia na minha cara, me olharia de cima a baixo, mas, como está aqui dentro, quer fazer "parceria". Quando olho na cara dela, me lembro daquele povo idiota que vai à Paulista de verde e amarelo e agride outra pessoa do nada. Mulher chata, inconveniente, quer se enturmar de qualquer forma. Eu não a trato mal, pois sei que está em situação difícil também, mas, quando vejo que quer se aproveitar, coloco ela onde ela está, na cadeia. A empregada dela ficou na casa dela.

Não bastasse, ainda tenho que ensinar a rico que roubou onde cada uma de nós está na escala social.

Certo dia veio tocar no meu cabelo e disse:
— É macio, né?
Imaginem a minha cara.

QUEM COM FERRO FERE COM FERRO SERÁ FERIDO
Quem com ferro fere será ferido, já dizia o ditado popular
Que cantada de Reis é pra subir
De maldade será o teu colher, não tem pra onde correr
Aqui se faz, aqui se paga, não adianta se esconder

Eu não quero nem saber quando te ver pagando pelo que fez
Agora, sim, chegou a sua vez
Vá morar na rua da amargura, bem longe de mim,
pois não quero ouvir suas lamúrias
Quem mandou não acreditar, seu preço vai
ter que pagar (a tua hora chegará)

[refrão duas vezes]

15 DE AGOSTO DE 2019, QUINTA-FEIRA

Engole esse choro de crocodilo, aprontou, segurou
A lei do retorno é severa, não perdoa, não tolera o bumerangue
Sempre volta para as mãos de quem jogou

Não finja bondade, a vida imita a arte, é como
fim de novela, o vilão sempre se dá mal
Como quem se despe num dia de frio e como
vinagre na ferida, assim será sua vida
Não ouviu cuidado, ouviu coitado.

16 DE AGOSTO DE 2019, SEXTA-FEIRA

É como se um dia fosse mil anos e como se mil anos fossem apenas um dia.

Cinquenta e três dias a menos, 53 dias a mais. Cinquenta e três dias a menos que ficarei aqui, é como se a liberdade estivesse em contagem regressiva. Cinquenta e três a mais, mais coisa que perdi e que não volta, tempo, risos, momentos especiais, o novo dente do meu sobrinho, a liberdade da minha mãe que não comemorei. Cinquenta e três dias de injustiça.

Fecho meus olhos e por alguns instantes estou em outro lugar, com pessoas amadas, fazendo o que de melhor sei fazer: todos rirem.

Abro os olhos e descubro que ainda estou aqui, na companhia da solidão; sinto meu corpo atravessado por memórias boas de lugares que passei e pessoas que amei e me amaram.

O que não me falta é coragem para recomeçar.

Todos os dias vivo o novo, só me falta espaço para percorrer meu caminho já traçado por Deus.

Tenho em mim todas as liberdades, a liberdade da mente, a liberdade do amor, do coração, a liberdade da alma, a liberdade de escolher viver, só me falta a do meu corpo, que, por sinal, me pertence, ele é livre.

Hoje recebi visita da Luiza Erundina, do Guilherme Boulos e da Natalia Szermeta, sua companheira.

A cadeia parou, e toda a diretoria estava presente – não por medo de eu falar algo, mas para pedir ajuda à classe da Secretaria de Administração Penitenciária (SAP).

Erundina me abraçou muito forte, e senti que Boulos e Nati estão mesmo empenhados em me tirar deste lugar. Eu ainda não consegui assimilar o que está acontecendo lá fora, só sei que o alcance do meu caso já é internacional.

Está mais que nítido que tudo não passa de perseguição política. O melhor é ver uma lutadora como Luiza Erundina se mobilizar, vir até o presídio me visitar. Ela me disse que eu era linda e forte. Quase não consigo me despedir, não queria dar tchau para aquela fofura.

Todos os que me abraçaram disseram que minha fortaleza os inspirou a continuar e que vão me defender até me tirar daqui.

16 DE AGOSTO DE 2019, SEXTA-FEIRA

Tá nascendo uma nova vereadora em São Paulo... Será?

Eu vou lutar do lado de dentro, e o Boulos vai me ajudar. Enquanto estiver presa, ele vai trabalhando lá fora. Ele me disse que, se depender da mobilização nas ruas, já estou eleita. Quem sabe esse não foi o motivo dessa minha prisão?

Tenho que ajudar essas presas, meu Deus, é muita injustiça que eu vejo todos os dias. Engraçado, hoje pela manhã uma companheira ouviu dos pedreiros que a Erundina viria me visitar; quando fiquei sabendo, até ri, pois achei que haviam confundido. Eles disseram que teria que deixar tudo arrumado e que nada poderia me faltar.

Agora que vejo esse "cuidado" todo do presídio para comigo, acho injusto. Por que eles não poderiam fazer as coisas naturalmente? Precisa mesmo de visita política para eles fazerem o que recebem pra fazer? Quanta injustiça.

Só sei que isso tudo vai mudar; no que depender de mim, as coisas vão mudar. Eu vou fazer o que puder para ajudá-las. Vou aproveitar esse turbilhão e achar uma forma de colocar essas ideias em prática.

A diretora que me xingou para as outras presas está uma seda... Tudo o que pedimos para a cela especial ela cede, sem questionar.

Aqui no presídio até as outras guardas vêm perguntar se eu sou a Preta Ferreira; dizem que estão assistindo a minha entrevista e que sabem que sou inocente; dizem que, se eu me candidatar, elas votam.

Engraçado: me humilharam, me xingaram, mandaram colocar as mãos para trás e abaixar a cabeça porque eu era mais uma presa; de repente, as coisas mudaram, e agora sou inocente para elas. Agora sou vista como cidadã.

As únicas que acreditaram em mim foram as companheiras que me acolheram e acreditaram desde o princípio na minha inocência. É por elas que eu vou lutar.

17 DE AGOSTO DE 2019, SÁBADO

Sábado, dia de ouvir as histórias das companheiras. As de hoje são fortes e tristes, como a maioria dos motivos que as levaram a cometer os crimes (homens).

Não vou dar nomes, só vou contar o que houve. São três, e as três ficaram loucas após o crime e a pena que receberam.

1. O esposo a espancava muito, e ela tinha medo de denunciá-lo – tanto por ele ser policial quanto por ela ter um bebê recém-nascido. Num dia qualquer, ela preparou a janta. Ele amava batata frita, e ela esquentou dois litros de óleo pra fritar; então ele jantou e foi dormir. Ele a chamou pra ir para cama, e ela disse que estava colocando o bebê pra dormir, mas pegou o óleo fervendo e jogou no ouvido dele; o óleo respingou nela e no bebê também, e, enquanto ele recebia o óleo quente, gritava, chamando ela de desgraçada. Depois de quinze dias internados, ele e o bebê morreram. Ela foi presa e ficou louca, pois a intensão nunca foi matar o bebê, mas o homem. Ela passou a ouvir vozes e achar que o bebê estava vivo. Seu fim: ficar internada no hospital psiquiátrico pra sempre.

2. A tia matou o sobrinho de dezenove anos. Motivo? O rapaz violentou a prima, de catorze anos. Quando a filha lhe contou, a mulher enlouqueceu, só queria saber de vingança. Ela armou uma emboscada para o sobrinho, montou uma festa e o convidou; ele não sabia, porém, que era o único convidado. Quando entrou na casa, a tia deu uma paulada na cabeça dele, seguida de vários golpes de faca. Transtornada, foi presa, ela pegou doze anos de prisão, com requintes de crueldade. E a menina mora com a avó.

3. Sabe o caso do dentista que foi morto por pichadores? Pois bem, a mulher de um desses culpados foi presa inocentemente. Ela estava no dia, porém ficou no carro o tempo todo, só viu a briga no fim. Seu namorado, que tinha trinta anos, participou. O braço do pai do dentista foi amputado por golpes de facão. Quando ela viu a correria e a briga, chamou o namorado, os dois entraram no carro e saíram do local, ela na época tinha 54 anos, foi para casa, pois estava passando mal após ver tanto sangue. Dias depois, a polícia achou seu endereço e a levou presa como cúmplice, o namorado e os outros fugiram.

17 DE AGOSTO DE 2019, SÁBADO

O namorado foi para Minas. Ela assinou dois artigos, homicídio e tentativa, pelo braço do pai do dentista, e nenhum dos culpados se entregou. Ela, que não fez parte, pegou cinquenta anos de prisão... O Judiciário até hoje espera os homens se entregarem para soltá-la. Ela só foi presa por não ter ido ao médico quando passou mal, o que seria a comprovação de que estava falando a verdade.

Os homens destroem a vida das mulheres: na maioria dos crimes que elas cometem, tem homem no meio.

RENASCIDA DAS CINZAS
Tenho força na luz que ilumina o meu caminhar
Eles tentam, mas não vão me derrotar
Eu sei em quem posso confiar
Mil cairão ao meu lado, dez mil, a minha direita
Mas eu não serei atingida
Quem me protege não dorme nem brinca

Se me jogar na cova dos leões, eu os dominarei
Com eles ao meu lado, como rainha eu retornarei
Nem todo sofrer vai me fazer mal, mas, sim, me fortalecer
Não há dinheiro que pague a consciência limpa,
sua má conduta a mim não se aplica
Sou como a fênix, renascida das cinzas

Não corro atrás de grandezas nem de coisas superiores
O sentido da fé é a liberdade de fechar os olhos e largar as rédeas
Permitir que o infinito guie-me nessa ausência de tudo
Na completude infinita, pelo caminho que devo seguir
É possível recomeçar a cada manhã
Melhor pouco com justiça do que muito com injustiça
É melhor ser humilde entre os mansos do que
repartir despojo com os arrogantes

19 DE AGOSTO DE 2019, SEGUNDA-FEIRA

Pensando no que fiz enquanto estou presa injustamente, não deixei de lutar por um instante. Mesmo impedida de ser livre, fiz o que de melhor sei: ajudar as pessoas.

Desde que fui presa e comecei a receber visitas influentes, usei delas para ajudar outras presas. Hoje vieram Gleisi Hoffmann e Marinho, e pedi pra eles um emprego para uma das companheiras que estava de saída da cadeia. E não é que consegui?

Consegui também que eles dessem uma olhada para agilizar o processo de outra que estava parado havia um ano e dois meses (Joana e Taci). A Joana aprontou mesmo e tem ciência disso, só que não quer mais essa vida. A Taci é o caso do marido e o sogro safado, que a acusou de ser mandante do assalto.

Melhor mesmo foi ver a carinha delas incrédulas de que eu estava ali, lutando por elas.

Minha amiga Marina ficou com aquela cara de surpresa que faz quando intercedo por alguém. Ela me abraçou e disse:

— Você, mesmo presa, tentando mudar o mundo.

Eu tô tão feliz em poder ajudar essas mulheres, em dois meses consegui ajudar quatro. Imagine quando sair desse lugar, o que não conseguirei fazer. Sei que será difícil – e muito –, pois esses canalhas não nos darão trégua, mas Deus está comigo e com os meus. Eu tenho ciência também de que não será nada fácil me tirar daqui, neste momento em que virei inimiga do presidente e do governador de São Paulo. Uma batalha "bem justa", diga-se de passagem.

Acho que eu, negra, sem-teto e arteira, devo ser um monstro pra amedrontar tanto dois homens brancos, velhos, ricos. Por que será que eles querem me manter presa? E o secretário de Segurança de São Paulo, que só tem esse caso para se garantir na mídia?! Sim, porque os outros não podem sair, os casos de genocídio nas favelas. Ele tomou esse caso como pessoal... Quanta dedicação para um elemento de alta periculosidade como eu! Mal sabe ele que minha hospedagem neste lugar tem virado motivo de luta.

19 DE AGOSTO DE 2019, SEGUNDA-FEIRA

Cheguei a um estágio de paz, de momentos de reflexão, tenho um coração cheio de amor, perdoei todas essas falsas testemunhas, todas essas pessoas que mentiram sobre meu nome e sobre o nome de minha família. Já entreguei todas a Deus. Mas não esqueci, claro, pois não sou santa.

20 DE AGOSTO DE 2019, TERÇA-FEIRA

Este dia ficará marcado em minha memória como um dia cheio de emoções.

Cadeia é um lugar que tem gente boa, mas também lotado de gente invejosa. Companheira atrasando o progresso de companheira é a pior coisa aqui dentro.

Logo pela manhã, antes do café, me chamaram. Advogado pra mim e Ednalva.

Chegando lá, era o advogado dela e mais duas pessoas, uma era dra. Vivian Mendes, e a outra devia ser assessora que eu não conhecia. Uma mulher e um tal de Olegue... Acho que é esse o nome dele.

A doutora perguntou das visitas de alguns políticos, e eu disse que, sim, eles têm me visitado. Ednalva disse:

— Só a Preta, porque parece que é só ela a petista, eu não sou petista como ela.

Muito mal-intencionada, olhou pra mim, rindo.

Disse a ela que ela não passava de uma inconveniente e que, se eles não a chamam, eu não tenho nada a ver com isso, não tenho culpa se as pessoas não gostam dela e que essa atitude dela, além de feia, era desnecessária, pois nós duas estávamos presas e, se queria chamar atenção, ela conseguiu.

O tal do Olegue disse:

— Vou reclamar, por que vou visitar o Lula e, quando faço isso, visito fulano, sicrano, beltrano. Você não é a única presa.

Falei pra ele me respeitar, pois eu não o conheço e já estou presa. Nem no presídio fui oprimida, quem é ele pra fazer isso? Ele me disse que não queria fala mais comigo. Falei que ótimo, porque, além de não ser obrigada, não o conheço nem faço questão, não tenho assunto com ele. Ele simplesmente pegou na mão de Ednalva, levou a doutora e a outra mulher e eu fiquei sozinha no corredor.

Enquanto isso, meu café esfriando. Que ódio.

Voltei para a ala e os deixei; ao retornar, a "companheira" veio como se nada tivesse ocorrido. Pensa bem: eu aqui, preocupada com minha

20 DE AGOSTO DE 2019, TERÇA-FEIRA

família, com o HC da minha irmã e da minha cunhada, com o meu, que será julgado nesta quinta, dia 22 de agosto, ainda vêm esses velhos, brancos, que acham que mandam em todos os lugares e em todas as pessoas. Muito me admira uma mulher dessa idade, com essas atitudes, em um lugar deste.

Em plenos dois meses de prisão, vem com cena de ciúmes, inveja, sei lá, tudo isso pra tirar minha paz, minha calma, minha tranquilidade.

Não tô preocupada com visita, não. Tô preocupada com meu alvará, com minha família e meus amigos. Esse povo só vem pegar carona, fingir que está fazendo algo pra limpar sua consciência na sociedade.

No fim da tarde, a melhor notícia: três companheiras que me ajudaram muito nesse percurso vão embora. Elas merecem.

Foi um festival de choro e abraço; de verdade, estamos muito felizes, só nós sabemos quão importante é ser apoiada por outra. As que nem me conheciam na rua são mais conscientes que a própria "companheira" que me conhecia. O que importa é que tá chegando, elas vão pra rua. São inocentes, Valeria e Daiane, as duas do chefe 171; a outra é Joana, para quem consegui o emprego em sua cidade.

Se pudesse fazer mais coisas por elas, eu faria, de todo o coração. Não meto o pé no processo de ninguém, só quero fazer o bem.

Peço a Deus que me livre de gente ruim, já basta na rua, a inveja não vai mais me destruir. Eu tenho a marca da promessa.

22 DE AGOSTO DE 2019, QUINTA-FEIRA

Hoje meus nervos estão à flor da pele, mas meu coração está em paz e feliz. Daiane e Valeria, minhas amigas aqui dentro, foram embora, graças a Deus.
A despedida que foi foda; se tem uma coisa de que não gosto, é essa tal. Muitos abraços, choros, mas o que fica pra sempre é como nós três nos protegemos aqui dentro. Nós dividíamos tudo, tomávamos café juntas.
O primeiro bom-dia e o último boa-noite.
Não posso nem vou sentir falta delas, pois em breve estaremos juntas lá fora.
Ainda estou nervosa, pois hoje às 14h meu HC será julgado.
Tenho em mim todos os sentimentos bons; a esperança e a fé que tenho crescem a cada dia. Fico aqui imaginando como será a hora em que eu sair, e meu coração chega se assusta.
Quando me despedi das minhas amigas no portão, pensei: "Neste mês ainda serei eu".
Passei a noite lendo e escrevendo uma carta para cada uma que está aqui – já escrevi no futuro, como se estivesse livre, e vou entregar somente quando for, no último dia. Quando escrevi, tinha dentro de mim que a certeza da assinatura desse HC sairia ainda nesta semana. Eu tenho fé em Deus, então já profetizei.
Todas as vezes que faço isso, que tenho essa convicção, o universo me favorece; afinal, tudo têm as mãos de Deus.
Aqui o que está imperando é o silêncio, as meninas estão trabalhando, sobramos eu e Ednalva, mas procuro ficar só em minha cela, pois ela tem tentado me atrasar, está estranha, então nem chego perto. Tudo por causa das pessoas que me visitaram, mas não a chamaram.
A inveja é um negócio complicado... Até aqui tem dessas. Como foi por causa dela, pela "inveja", que vim parar nesse lugar, preferi me silenciar e me afastar. Melhor remédio não há.

Às 19h recebi a notícia do HC – negado, a companheira viu na TVT. Não veio ninguém aqui falar comigo, me deixam numa angústia. Ah, se eles soubessem como isso me revolta.

22 DE AGOSTO DE 2019, QUINTA-FEIRA

Cinquenta e nove dias de injustiça, minha vida tá nas mãos de quem não gosta de mim, eu tenho ódio dessa gente, eu não tenho o direto de me defender, de provar que sou inocente. Baseado em que me prenderam? Baseado em que me mantêm presa? Que país é este? Até assassino tem direto a defesa. E eu não tenho?

Mais uma vez meus direitos estão sendo violados, mais uma vez escravizada como meus antepassados.

Neste momento de revolta, faço das palavras do Nelson Mandela as minhas: "Qualquer que seja a sentença que me imponham, podem estar certos de que, quando acabar de cumpri-la, ainda me moverá a aversão à discriminação racial, e retomarei a luta contra as injustiças, até que elas sejam abolidas de uma vez por todas".

Meu coração se enche de ódio, cada vez mais, desse sistema, um Judiciário vendido e seletivo, onde o que importa é a opinião pessoal dos senhores feudais (vulgo, juízes e promotores). É inaceitável essa situação, mas o que posso fazer, a não ser esperar? E já espero a condenação, mesmo com provas da minha inocência, porque para eles eu represento um risco.

Assim como tem gente sofrendo com a minha prisão, tem gente alegre e comemorando; mesmo a essas pessoas, desejo amor, e cada um oferece o que tem, o que aprendeu.

Hoje foi a quarta tentativa negada, mas ainda não é o fim. Quem sabe se eu matar alguém possa responder em liberdade. Brincadeira (risos).

Mantenho minha integridade intacta, eles não vão destrui-la. Só fico angustiada de não estar ao lado de minha família, que deve estar num sofrer que só. Eu nem sei explicar a sensação de estar presa, que é a pior dor que já senti na vida, é revoltante ver minha vida ser comandada. Não desejo a ninguém.

Agora sei por que as pessoas que caem aqui se tornam más: às vezes dá vontade de jogar tudo para o alto.

Tô vivendo um momento em que não tem ninguém pra abraçar, consolar. Me dei um autoabraço, falei comigo mesma. É como se neste

22 DE AGOSTO DE 2019, QUINTA-FEIRA

momento fossemos só eu e eu mesma no mundo, parece que até Deus sumiu. E esse processo é doloroso demais, neste instante meu futuro é incerto, parece que vou viver confinada eternamente. Vi duas companheiras irem embora: a rica, condenada a oito anos, não ficou nem um mês. As três eram loiras. A preta fica, sei que não por culpa delas, mas é irônico. Vi isso acontecer no cinema e agora na vida real – no caso, na minha vida real.

23 DE AGOSTO DE 2019, SEXTA-FEIRA

Nesses dias tenho me notado estranha, mais calma, paciente. Deus tem me moldado muito.

Penso no sofrer de outras pessoas e vejo que não passo de uma mimada, privilegiada. Entre tantas outras presas aqui, acho que somos 3 mil, na grande maioria, negras, estou na cela especial; é como se eu estivesse rompendo o *apartheid* da cadeia. Sim, por que essa cela é exceção. Pois bem, como meu HC mais uma vez foi negado, eu tô organizando isso aqui como se organizasse meu quarto em casa: fiz uma biblioteca só minha e coloquei uma mesa para escrever. Não estou me adaptando a essa situação, mas colocando meus pés firmes no chão, pois sei que demora um pouco para sair daqui, então, enquanto isso, vou fazendo do lugar o mais aconchegante que puder.

Hoje estou mais alegre, recebi a visita do Vinicius Cascone, fazia tempo que ele não vinha, e eu estava preocupada. O Vini é maravilhoso, a gente ri muito quando está junto. Ele me traz paz e alegria, minha distração semanal. Hoje também vi minhas amigas Laryssa Sampaio e Mari Purpura, gravamos o nosso podcast *Bar das Manas*[*] – Mídia Ninja e Martina Franchini estavam juntos. Falei muito sobre a questão racial, sobre as presas e o sistema penitenciário, e as duas só choravam. Quanta saudade. Hoje foi um suspiro da minha vida lá fora, do meu trabalho, dos meus amigos, de como eu sou viva em liberdade.

Me perguntaram se eu mudaria alguma coisa no momento atual. Respondi que deveria ter lutado mais, que lutei pouco. O que a Preta atual falaria pra Preta do dia 24 de junho?

— Você foi fraca. Por que não usou suas forças antes? O que você estava fazendo que não lutou mais, Preta?

Disse para elas que cada dia aqui era um dia a menos e que todas as pretas têm que estar livres.

O grito não é "Preta livre", e sim "Pretas livres". A liberdade tem que ser para todas e em diversas lutas.

---

[*] Disponível em: <https://www.youtube.com/watch?v=4IvHJl_6fko>; acesso em: jul. 2020. (N. E.)

24 DE AGOSTO DE 2019, SÁBADO

Há 61 dias presa, vivi algo que achava que estava longe de mim: uma prisão injusta. Há exatamente 61 dias, tive minha vida transformada por um sistema cruel e racista. Separaram minha família, prenderam a mim e a meu irmão e agora estão atrás da minha mãe, da minha irmã e da minha cunhada.

Estamos vivendo um pesadelo; é como se todos os filmes e os livros que relataram 1964 fossem reprisados em minha vida.

Uma perseguição sem tamanho.

Eu não estou com medo nem reclamando, eu sou, sim, uma liderança contra o fascismo deste sistema. Minha irmã, minha cunhada e meu irmão, não, eles não têm nada a ver com isso.

Fico aqui me perguntando se essas falsas testemunhas não sentem medo de quando chegar o dia em que toda a trama mentirosa for desmascarada. Será que elas dormem? Creio que sim, e sorrindo, mas não me apego muito a elas, pois essa não foi a primeira vez que fui injustiçada na vida. Ao mesmo tempo, sempre vi todos os que foram injustos pagarem o preço alto. Não sou eu que devo me vingar, mas Deus. Elas vão pagar o preço por todo esse transtorno, pelos olhos cheios de lágrimas de minha irmã Kellen ao se despedir de mim na visita, pelo choro da minha sobrinha de cinco anos ao ler minha cartinha, por todas as vezes que minha mãe chorou e se preocupou comigo, pelo sofrimento em que eu e meu irmão passamos nas mãos da polícia corrupta.

Sempre considero melhor a ideia de contar esses 61 como dias a menos, como se meu relógio para a liberdade, para um futuro promissor, estivesse na contagem regressiva. Como se eu esperasse o trem para o futuro: enquanto ele não chega, aguardo sentada na estação, lendo um livro de ficção sobre uma família de nordestinos, com a liderança da mãe que criou seus oito filhos sozinha, sendo perseguida e oprimida pelo sistema.

Na trama, algumas pessoas de má índole mentem por inveja, só pra prejudicar essa família.

Ainda não cheguei ao fim do livro, mas, pela trama, vejo que a família vence. Vence pelo amor e pela verdade.

24 DE AGOSTO DE 2019, SÁBADO

É assim que me sinto hoje, são 61 a menos.

Que sejamos livres, pois essas pessoas estão mais presas que eu, que estou atrás das grades.

Nada dura para sempre, e eu não quero estar na pele de nenhuma delas depois que a justiça divina interceder por nós, família Ferreira.

Hoje também comemorei; por mais que seja uma data triste, comemorei.

Fiz as pazes com a Ednalva e dei risada, que é o que mais sei fazer. Ela está bem abalada e confusa. Que possamos viver em paz.

Comemorei a vida, a minha e a de todos, comemorei pelo livramento e pelo plano de Deus, mas não sei explicar. Só sei que, em breve, algo de bom, de melhor, está por vir. Nem todo mal dura para sempre, nem a cadeia, e, mesmo sem cometer crime, já estou pagando. Aqui as coisas funcionam desta forma: primeiro você vai preso, paga pelo crime, e só depois eles veem se você é inocente ou não.

25 DE AGOSTO DE 2019, DOMINGO

Sessenta e dois dias de prisão, mas sobre isso contarei depois. Agora vou fazer como Mandela, esconder este caderno, pois, se eles pegarem, vou para o castigo e perco tudo que escrevi. Não terei como contar a vocês todas as lembranças desses dias terríveis que vivi.

Neste mês o comando faz aniversário, o PCC; e vai rolar blitz antes. Elas me contaram que foi assim no ano passado, nessa mesma data.

Já me informei com as outras reeducandas sobre como funciona – pode ser que seja na quinta ou na sexta (eles fazem surpresa), ou até no sábado após a visita, então já estou me resguardando, pois elas destroem todos os enfeites da cela.

A minha eu deixei bem *clean*, pois não gosto de muita coisa amontoada. Tendo ou não essa blitz, vou me precaver.

Dizem que tem que ficar pelada e agachar três vezes de frente e três vezes de costas. Talvez não tenha porque estou aqui e posso denunciá-los nas entrevistas – e não ia pegar nada bem pra eles. Seria uma denúncia de mais uma ilegalidade.

Dizem que as presas fazem a maior festança, com várias regalias. Drogas, churrasco, uísque, todos os tipos de bebidas alcoólicas e drogas. Não posso afirmar pois não vi nada disso aqui. Me disseram que tem uma matéria sobre isso no jornal.

26 DE AGOSTO DE 2019, SEGUNDA-FEIRA

Como quem espera o trem na estação da vida, assim estou eu
Esperando o trem para o meu futuro, com destino à incerteza

É como se o meu bilhete me levasse a um lugar que não escolhi
Não sei o que está reservado para mim, o que está por vir

Vou entrar no vagão do amor para encontrar a
felicidade que não encontrei nesta cidade
Levo na bagagem a esperança e o sorriso

Em cada parada desse trem, eu vou encontrar alguém que
estava destinado a cruzar meu caminho nessa jornada
E na contagem regressiva para a minha partida,
a certeza de que tudo novo se fará
Sentirei saudade de quem ficou para trás, mas a direção é para frente

Às vezes me pego pensando em como posso estar presa e, por alguns instantes, me vejo em outro lugar; então, quando abro os olhos, me vejo na cela, trancada, sozinha.
    Daqui conheço (decorei) todas as marcas na parede, todos os buracos cobertos por pasta de dente. No teto tem alguns pontos descascados, é tudo branco – teto, parede e portas –, menos o chão, que é vermelho.
    Penso no meu futuro, no dia que a minha liberdade chegar... Como será?
    Às vezes me dá uma acelerada no coração, um frio na barriga, pois ainda não tenho dimensão do que está acontecendo lá fora. Aqui dentro, sei que estou fazendo as pessoas se renderem a minha luta. Hoje, mais uma das guardas que "não gostava de mim", sem nem me conhecer, mudou de opinião, depois de pesquisar, se informar. Virou tão fã que agora manda beijos e abraços... Até o médico, o clínico geral da casa, ouvi dizer que ele viu minha entrevista para os Jornalistas Livres, sabe até as minutagens. Disseram que minha causa é nobre e que sou bonita, inteligente e defendo o povo preto.

26 DE AGOSTO DE 2019, SEGUNDA-FEIRA

    Para mim, isso não é novidade, não vejo nada de novo nessas palavras, mas fico feliz por atingir essas pessoas; meus amigos já sabem quem sou, agora tenho que tirar as escamas dos olhos dessas pessoas preconceituosas, que vivem em suas bolhas particulares.

27 DE AGOSTO DE 2019, TERÇA-FEIRA

Nesses últimos dias ando bem otimista, independentemente das notícias ruins.

Tenho agradecido a Deus pela vida, pelo milagre de acordar e ter saúde todos os dias.

As guardas daqui me pedem conselhos, e nós conversamos bastante – lógico que com muito respeito, até porque elas estão trabalhando e eu me encontro na condição temporária de presa. Elas me chamam de otimista e heroína (risos). Quem me dera. Ao menos elas sabem que sou inocente.

Recebi a visita dos meus advogados, dr. Augusto, dr. Fabricio e dra. Allyne, que vieram tentar me contar sobre o TJ ter negado o meu HC. Eu estava bem centrada, pois já sabia e, além do mais, já sabia também como funciona essa "justiça" de São Paulo. Passei para eles algumas provas de que essas pessoas estão mentindo e de como podemos provar. Nunca vou me conformar com essa prisão injusta – o conformismo é tão perigoso quanto a inconformidade, o conformismo é para pessoas insignificantes.

Toda a perseguição, toda a injustiça e toda a tribulação, em mim, produzem perseverança, que, por sua vez, produz experiências.

Eu decidi traçar metas, criar, projetar, realizar.

1. sair deste lugar, não vou medir esforços;
2. provar minha inocência e a dos meus;
3. punir, conforme a lei, todos os culpados. Que paguem judicialmente.

Criar = futuro, livre, em outra vida.
Projetar = imaginar o futuro, as ações da primeira, como será minha saída.
Realizar = colocar em prática, provando nossa inocência.

Sinto dentro de mim que minha liberdade se aproxima, que logo mais estarei nos braços de minha família e meus amigos.

Tenho trabalhado bastante meu corpo e minha mente – meu corpo com exercícios físicos e atividades do lar, minha mente com leitura, estudos, principalmente o bíblico. Atualmente estou lendo *Cartas da*

27 DE AGOSTO DE 2019, TERÇA-FEIRA

prisão de Nelson Mandela, livro que ganhei da minha amiga deputada Erica Malunguinho, que, aliás, tem sido meu refúgio; penso dez vezes antes de reclamar, sou uma abençoada. No meio de 3 mil mulheres presas, eu sou 0% de negra em uma cela especial, uma cela só minha, com banheiro só para mim... A gente sabe como o sistema é cruel, e eu vi nos outros lugares pelos quais passei, nem gosto muito de lembrar, consigo sentir as mesmas sensações de quando estava lá, é de dar arrepio. Os piores lugares a que fui na vida. Quanta tristeza.

28 DE AGOSTO DE 2019, QUARTA-FEIRA

Esse negócio de ficar presa é bem estranho, você não tem liberdade nem pra colocar seus pensamentos no papel ou de mandar suas ideias para fora, para que a humanidade saiba.

Por exemplo, com a prisão, tive meus direitos duplamente violados. Primeiro que eu não cometi nenhum crime, eu estou presa sem provas, injustamente. Segundo, quando mando cartas, o destinatário é o último a ler; quando chegam, estão violadas. Não existe uma lei que diz que violação de correspondência é crime?

O Brasil é um lugar de doidos.

Hoje, dia 28, comemoramos a libertação dos presos políticos de 1964 – 55 anos se passaram, e eu aqui, presa. Tudo se repete, pessoas ainda morrem na mão da polícia, pessoas inocentes são presas, presos políticos que não concordam com toda essa ditadura e descaso de 1964 a 2019.

Nada mudou, só o ano.

29 DE AGOSTO DE 2019, QUINTA-FEIRA

Sra. diretora,
    eu gostaria de pedir que meus familiares possam entrar no dia da visita, inclusive meus sobrinhos. Uma de três anos, outro de dois anos e uma de cinco. Informo que não virão todos no mesmo dia, que a cada visita um acompanhará os pais.
    Neste sábado, 31 de agosto, creio que meu irmão Tiago Ferreira Silva virá com sua filha.
    Desde já, agradeço a atenção.

Att.,
Janice Ferreira Silva
Mat. 1169.417

Para que conste: não é permitida a entrada de crianças com menos de seis meses, se não for filho da reeducanda. Desta forma, dona Ana Paula, a diretora, não pode autorizar a entrada dos meus sobrinhos. A diretora não pode autorizar a entrada das crianças.

30 DE AGOSTO DE 2019, SEXTA-FEIRA

Hoje foi um dia emocionante e intenso.

Recebi a visita do pessoal do PSOL. Eles querem que eu me candidate a vereadora pelo partido. Pensando bem, não vejo por que não fazer isso; afinal, seria uma forma de ajudar no combate contra as injustiças carcerárias.

Pedi para entrarem em contato com meu advogado antes de qualquer articulação e, mesmo assim, pedi para que, antes de qualquer coisa, procurassem Marina Piotto e minha mãe. Eu nem sabia que existia um comitê Preta Livre... As notícias aqui chegam bem atrasadas.

À tarde veio a grande surpresa, recebemos a visita da Leci Brandão, eu e Ednalva. E a melhor parte foi o reencontro entre eu, Ednalva e Chaveirinho. Foi lindo, choramos, caímos no chão, choramos outra vez, rimos e colocamos o papo em dia. Desde que vim de bonde para Santana, não tivemos mais contato.

Fiquei feliz em saber que ela saiu de Franco, porque aquele lugar não é de Deus.

Ela me disse que certa vez mandaram comida com pedaço de rato, que cada pavilhão recebeu uma parte. Isso quando a comida não ia azeda. Ela também disse que, quando saí de lá, uma funcionária que estava em férias me procurou, perguntou a Angélica sobre mim, pois foi a um show de Maria Gadú e ouviu falar de mim, disse que seu grande sonho era me conhecer.

Felizmente não deu tempo – e digo isso porque não suportava ficar naquele lugar.

Leci me deu um abraço forte na despedida e me disse, com os olhos cheios de lágrimas:

— Pra mim, é questão de honra tirar vocês deste lugar.

Me parabenizou pela minha força. O presídio inteiro parou para ver Leci, até o diretor veio nos cumprimentar. Dr. Faustos, o advogado que cuida dos casos daqui, disse:

— Não vejo a hora dessa liberdade chegar, nem sei o que elas estão fazendo aqui, Leci.

30 DE AGOSTO DE 2019, SEXTA-FEIRA

Aí fica a pergunta: como alguém pode me condenar sem ao menos se dar ao trabalho de analisar quem eu sou, dizer que sou um risco à sociedade? Mal sabem eles que o risco veste pele de cordeiro e camisa e está bem ao lado deles.

Aqui é o lugar onde a injustiça me persegue – a todo instante, vejo alguma injustiça acontecer. Vejo uma mãe chorar por ter sido separada de seu filho, e a juíza não deixar a criança de três anos conviver com os avós maternos, um processo sem provas, de homem que acha que a mulher é objeto. Se não for dele, não vai ser de mais ninguém.

Eu vou fazer de tudo pra ajudar essas mulheres, e Deus vai me abençoar para isso.

Já que a política me chama, será através dela, então.

Creio estar num bom estágio de paciência, com o coração em paz. Tenho tido alegria e decidi pensar na coisa de mais proximidade que irá me ocorrer. Mesmo atrás das grades, me sinto mais livre que as pessoas que me colocaram aqui.

Só tem duas coisas que não sinto: medo do futuro e peso na consciência. Não tenho medo do que está por vir, pois sei que será bom; depois desta tempestade, ou melhor, deste tsunâmi, sei que virão os dias ensolarados – tudo fruto do que plantei, e a colheita será farta, pois em meu caminho tenho amor e paz.

Consciência tranquila é algo que tenho por não estar mentindo, por todos saberem quem sou eu. Eu nunca precisei fingir, ser diferente do que sou, nunca precisei ferrar ninguém pra me sentir melhor ou pra conseguir algo na vida. Isso me deixa muito tranquila, eu fico com a consciência leve.

Fico eu a pensar nessas pessoas que mentem, que fazem maldade com o próximo... Como será que dormem sabendo que sua mentira colocou inocentes atrás das grades? E pior: será que elas não têm medo da lei do retorno? A severidade do tempo é cruel, as pessoas de má índole, de coração maldoso, pagam um preço bem alto por atitudes impensáveis.

Desta forma, não desejo vingança, pois sei que o universo devolve. Tudo o que fazemos, tanto de bom quanto de ruim, simplesmente segue a lei do retorno, e não minhas singelas palavras.

Aqui se faz, aqui se paga.

Eu sou aquela que eles chamam de perigo para a sociedade.
Sou mulher, negra, lutadora, aquela que vive
em uma sociedade machista e racista.
Da família, eu sou arrimo, mas eles dizem que meu lugar é na cozinha.
No meu seio, trago alimento, e eles dizem que
mulher no volante é perigo constante.
Sei presidir, dirigir e, com meus beijos, curo machucados.
E eles ainda dizem que sou sexo frágil.
Dentro de mim, crio vida, e, quando ela
nasce, é a mim que ela conhece.
No meu nome tem amor.
Pode me chamar de mãe, mas antes me chame de mulher.
Por amor, suporto qualquer tipo de dor.
Sou Franco, Ferreira, da Penha.
Se você aguentar, venha.

31 DE AGOSTO DE 2019, SÁBADO

Todo sábado é assim: depois que a visita se vai, dá um aperto no peito; quando bate a tranca, às 17h, é você com Deus, o silêncio e as paredes.

No primeiro momento, você ri pra deixá-los fortes, eles têm que te ver bem. Quando se vão, passa um turbilhão de coisa na mente. As lágrimas não cessam, é duro saber que não cometeu crime algum e estar presa. Não falo isso por revolta, mas a sensação de impunidade aqui dentro é grande, e eu quero estar livre lutando e defendendo minha família.

Esse Brasil atual é o resto de 1964, é a sobra da ditadura. Imagina que até minha profissão os caras usaram como desculpa para me prender – apresentadora do boletim *Lula Livre*. Não compactuar com o governo genocida, escolhendo o outro lado da história. Essa "justiça" brasileira é uma vergonha, não sei como a pessoa estuda tanto pra se prestar a um papel desses... Aqui as decisões não são julgadas, é a opinião pessoal que importa. É dessa forma que a justiça brasileira age.

Porém, eu não me rendo e não me renderei ao governo fascista nem às humilhações de gente rica. Eu já passei por muita coisa na vida pra deixar isso acontecer. Minhas convicções, isso ninguém tira. Acho, na verdade, que o sonho deles era me ter como aliada, mas isso NUNCA vai acontecer. Eu não me rendo, não me vendo.

Hoje, depois de 68 dias, vi Thiago, meu irmão. Nos abraçamos através das grades, e não teve uma que o cisco não caiu no olho (risos).

Parecia um filme, uma daquelas cenas em que você vê todo mundo chorar... Quando o portão se abriu, nos abraçamos tão forte e as lágrimas foram incessantes, ficamos por alguns segundos, instantes (não contei), abraçados, ele me ergueu em seus braços e girou, "chorrimos", choro mais risos, "chorrindo".

Apresentei meu irmão, toda orgulhosa, a todas, e nosso almoço foi um piquenique. Chamei todo mundo para juntarmos os almoços e as famílias.

Todas gostaram do Thiago; no fim, ele falou um pouco de Deus, de como Deus o salvou, de como ele mudou e que ainda há esperança. Para todas nós. Foi bem bonito, acho que hoje a vida dele foi marcada também,

31 DE AGOSTO DE 2019, SÁBADO

pois sempre há uma troca, eles vêm achando que vão encontrar a pessoa na pior, deprê, ou as piores pessoas e condições, e quando chegam aqui se deparam com outro tipo de situação, é impressionante como saem aliviados e tranquilos. Dei a ele uma série de missões a cumprir ainda hoje. Eu tô presa somente no corpo, minha mente e minhas ideias continuam trabalhando.

    A coisa lá fora tá tão feia, incomodando tanto, que o João "Noia" queria me transferir de presídio devido ao número de fãs que venho ganhando ao longo desses 68 dias. O que posso fazer? Quem criou esse monstro foram eles, eu não cometi nenhum crime, não pedi pra me prenderem. Atura ou surta, daqui saio direto pra minha casa.

Hoje as companheiras do pavilhão ficaram na tranca o dia todo. Nós não, pois a nossa visita é aos sábados. Devido ao aniversário de que falei anteriormente. A festinha particular, elas trancaram todas.

Fico pensando como os dias aqui dentro se reproduzem, não tem feriado, não tem dia diferente, só quarta e sábado. Quarta é o dia em que o pessoal da igreja vem nos visitar, fazer o culto (UNP). Sábado, dia de receber a família, o abraço apertado de quem realmente te ama e nunca desistirá de você.

Aniversário do comando – todas na tranca, sem visita.
Tive que parar de escrever e esconder o livro. Fiz uma cortina pra minha grade com um cobertor que me deram, o da casa, enrolei as páginas e escondi entre as costuras que fiz à mão.

É preciso tomar cuidado com o que se deseja pra outra pessoa e com o que se pede para si, pois desejos são realizados e, com a realização, vêm consequências.
    Sigo em paz mesmo privada, sigo sorrindo, com o coração em festa, esperando a contagem regressiva para a liberdade.

31 DE AGOSTO DE 2019, SÁBADO

Nunca me senti tão em paz, tão livre, quanto nesses últimos dias. Acho que encontrei meu caminho – não adianta perder a calma e a paciência, que agora são minhas melhores amigas.

É como se Deus estivesse soprando em meu ouvido: "Seu futuro se aproxima, e ele é lindo".

Basta fechar meus olhos, e posso sentir, como um vento fresco em dia ensolarado. Inspiro e respiro com um sorriso nos lábios, meu coração diz que de setembro não passa.

Agora são 19h, e eu acabo de saber que o TJ confirmou a absolvição da minha mãe no processo em que as mesmas pessoas que mentem e me colocaram aqui estão. Essa é a quarta absolvição do mesmo processo. Como não ficar feliz e com o coração em paz? Só sei que, onde Deus põe as mãos, o milagre acontece.

A verdade é sempre a mais forte; no fim, o bem vence o mal.

Sessenta e oito dias a menos.

2 DE SETEMBRO 2019, SEGUNDA-FEIRA

Agora são 20h, e eu tô muito feliz, porque soube há pouco que o HC da Chaveirinho saiu.

Ela merece muito, teve seu nome "confundido" com o da av. Angélica, o nome dela é Angélica, e essa menina de 29 anos não merecia passar pelo que passou. Esse HC veio como presente de aniversário pra ela, já que dia 16 de setembro ela faz trinta anos de idade. Até o dia 24 de junho eu não a conhecia e agora carrego ela em minha vida para sempre. Só nós três sabemos o que passamos quando nos prenderam. Foram dores inesquecíveis, físicas e mentais.

Meu desejo para a vida dela é que ela encontre a felicidade. Ela sofreu e vem sofrendo na vida desde que nasceu e a mãe morreu. E até hoje não aprendeu a ler e escrever. Sua vida, com suas histórias de sobrevivência, só me mostrou quão egoístas somos.

Não vou contar, pois não tenho permissão. Se eu pudesse vê-la antes de sua partida, falaria.

Que Deus te abençoe, Chaveirinho. Aproveite sua liberdade física, pois sua alma sempre foi livre!

3 DE SETEMBRO DE 2019, TERÇA-FEIRA

Hoje a companheira Chaveiro foi embora deste inferno. Ainda bem, menos uma injustiçada. Hoje também recebi a visita do dr. Vinicius, que me trouxe muitas cartas em forma de e-mail, cada uma mais linda que a outra.

São tantas pessoas me dando força, acreditando em mim e na minha luta, gente que eu amo, gente que eu não conheço, mas que, a partir de hoje, mudou a minha vida.

O amor, a fraternidade, a solidariedade e a sororidade atravessam as grades. Como não ter esperança na humanidade? Quando tudo parece perdido, essas pessoas me enchem de palavras, então é como se eu estivesse em alto-mar e as palavras de amor fossem como um colete salva-vidas.

Uma guarda hoje me perguntou se, ao sair, vou deixar a luta. Respondi que jamais, que, enquanto eu não transformar essas vidas que acreditam no meu trabalho e na luta digna, não desisto. Sei que não tenho poder para salvar o mundo, mas, enquanto puder fazer pelos que estão ao meu redor, farei. Não me contento vendo a injustiça acontecer e me fingindo de morta; no meu sangue, a justiça é o DNA.

Aqui, depois da tranca, as guardas pedem para eu e Taci cantarmos; além disso, trocamos conselhos e risos. Então, todas colocamos os ouvidos na boqueta para cantar, orar, conversar.

Hoje, enquanto eu cantava, duas guardas choravam, pedindo pra cantar mais.

Graças a Deus a paz reina, todas são muito sensíveis, a maioria aqui presa é por injustiça, é inocente, forjadas pela polícia gananciosa, traíra, corrupta. Esse nome, polícia, deveria ser trocado.

Ah! Vacinada hoje contra o sarampo.

Recomendação: não posso engravidar neste mês (risos).

4 DE SETEMBRO DE 2019, QUARTA-FEIRA

A cada vez que escrevo e coloco dia, mês e ano, me sinto estranha. É como se fosse meu primeiro dia presa. Hoje são 72 dias de injustiça. Fui abençoada por um padre, abençoada por um pastor evangélico e recebi orações de uma amiga espírita. De benção, proteção, eu tô lotada. Até os diretores convidei pra fazerem parte da oração, pois também são humanos.

Hoje recebi a visita da deputada Juliana Cardoso, do padre Paulo e de uma negra maravilhosa, Graça, do Conselho Estadual de Defesa dos Direitos da Pessoa Humana (Condepe).

Soube um pouco do que se passava lá fora, de como as pessoas estavam indignadas com tudo isso. Não sei nada sobre os próximos passos do processo, não sei a data que vão a Brasília, tô como cego em tiroteio, mas minha fé e minha esperança seguem intactas. Nisso eles não mexem.

Hoje uma companheira médica me disse que eles não a consideravam médica. Disse a ela o seguinte:

— Você nunca vai ser ex-médica, mas não é presa para sempre. Você está na condição temporária de presa, e suas funções como médica eles nunca vão poder tirar, serão eternas. Você tem o conhecimento, e isso eles não podem lhe tirar.

O dia foi corrido, dei a entrevista mais breve de todos os tempos, para a rádio Brasil de Fato[*].

Disse a eles, respondendo a "Por que te associam ao crime organizado?":

— O crime é mais organizado que a polícia, que diz que estuda tanto, mas não sabe distinguir quem é quem. Até o crime ter discernimento do que é certo e do que é errado, sabe quem é quem. A polícia finge que trabalha. Ou só trabalha quando rola grana.

Tenho recebido cartas de mulheres negras de todo o Brasil, e isso me deixa com mais vontade de lutar. É inexplicável como elas se veem em

---

[*] Disponível em: <https://www.youtube.com/watch?v=CaDpq9Cl_Mw&t=133s>; acesso em: jul. 2020. (N. E.)

4 DE SETEMBRO DE 2019, QUARTA-FEIRA

alguém que é comum, igual a elas; todas essas mulheres precisam de um impulso para mudar o que acontece contra nós. Eu não sou exemplo, apenas estou em busca do que é certo; não sou heroína, todas nós mulheres somos. Não é preciso um modelo para se convencer disso, a receita é a necessidade, é não se conformar com migalhas.

5 DE SETEMBRO DE 2019, QUINTA-FEIRA

Quinze minutos para as 19h, e já damos boa-noite umas às outras. Quando ouço o barulho da tranca, dá uma tristeza no coração, mas ao mesmo tempo sinto esperança. Fecho meus olhos e levo meus pensamentos ao horizonte, para um futuro que é certo que chegará. Procuro não me desesperar nem angustiar, pois se eu cair aqui vai tudo por água abaixo.

Hoje me peguei pensando nos dias terríveis que passei no Deic, mas olho pra trás e vejo que essa situação já pertence ao passado e logo mais esta aqui também pertencerá. Tudo depende do ponto de vista, de como encaramos a nossa realidade – eu tento encarar a cadeia com o máximo de realidade possível, eu tô realmente tirando a cadeia, procuro ao máximo me ocupar aqui dentro para o tempo passar mais depressa.

É muito difícil viver aqui, mas tenho que me harmonizar, não me acostumar, isso jamais farei. Este lugar nunca me será adaptável. Aqui eu treino minha mente, leio bastante, escrevo o que vejo. Treino meu corpo com corrida, caminhada e outros exercícios; quatro horas do dia eu dedico ao meu corpo, e isso me alivia tanto. Treino meu espírito lendo a Bíblia, orando, meditando, elevando meus pensamentos a coisas boas, a ensinamentos bíblicos, que me ajudam a ter serenidade, discernimento e saúde emocional. O que eu mentalizo é o foco no perdão. Aprendi que guardar mágoa é como segurar uma brasa acesa e fechar as mãos, ela só machuca a mim, e, quanto mais eu vou apertando, mais ela vai me ferindo, então joguei longe essa brasa.

Há coisas tão valiosas a que me apegar, recebo tanto amor e carinho que quero dividir com todos, principalmente com essa gente que mente, que prejudica o próximo.

Nesta semana recebi uma carta linda de uma garota negra, dezenove anos e publicitária também. Eu não a conheço, mas ela se encoraja pela minha história, ela se espelha em mim, o que é um fardo lindo e pesado, por isso digo que ainda há muito a ser feito – e feito com amor. Tem gente que não sabe o significado. Mal sabe essa garota que é ela quem me encoraja.

Eu nunca fui escrava do medo, mas essas pessoas me ensinam a superar meus limites todos os dias.

5 DE SETEMBRO DE 2019, QUINTA-FEIRA

Por ironia do destino, no dia do irmão, recebo a carta dos meus dois irmãos mais velhos, ambos presos (risos). Os três filhos mais velhos de minha mãe, presos.

6 DE SETEMBRO DE 2019, SEXTA-FEIRA

Refleti bastante sobre aonde as minhas escolhas estão me levando, sobre como o homem pode ser cruel. A necropolítica foi inventada para matar meu povo.

Duas vezes na vida fui tirada dos braços de minha mãe: a primeira quando eu ainda era uma garotinha de nove anos de idade e assumi uma responsabilidade de adolescente. Minha mãe fugiu do meu pai para não morrer nas mãos dele, deixando os filhos para trás em busca de sua sobrevivência e de um futuro melhor para nós.

Em meados dos anos 1990, vivi sem mãe, e, de certa forma, meu pai sempre tentava me culpar. Durante alguns anos, fui eu que apanhei, igual ele fazia com ela. O homem sempre se acha dono de tudo, né? Sempre quer ver mulher submissa. Em tudo, o homem quer ser mais, não se contenta em perder para uma mulher.

Cada vez que observo e ouço as mulheres do pavilhão e suas histórias, vejo que elas realmente só necessitam de uma chance na vida. A disputa entre elas, o convencimento de que a vida do crime é o que restará, uma querendo ser mais criminosa que a outra. Algumas chegam a dizer há quanto tempo estão no crime e seus feitos, como se fosse um currículo, como se o processo seletivo para ser alguém respeitada na vida do crime fosse o número maior de artigos cometidos.

Acredito que essas mulheres nunca tiveram o respeito da sociedade, nunca foram enxergadas, e na vida do crime elas foram vistas, obtiveram o respeito merecido. Quem empurrou essas mulheres para o crime foi a própria sociedade e seu modelo de exclusão; ninguém nasce criminoso, mas a falta de oportunidade, de amor e de compreensão cria criminosas. Eu não me refiro a pessoas doentes, maníacas, e sim a quem superlota as cadeias com seus crimes comuns. Presas em desacordo com os tratados internacionais que o Brasil assinou. Não estou dizendo que pessoas culpadas ou perigosas não devem pagar por seus crimes; apenas se pede humanidade para que haja uma revisão de pena e modo de cumprimento em determinados grupos.

Ouvi uma senhora negra, quase sessenta anos, doente, relatando seu histórico de crime. O modo de falar, de agir, como se todas a conhecessem e

6 DE SETEMBRO DE 2019, SEXTA-FEIRA

a respeitassem... E não bastasse ela ser do crime, o filho também era, e ela sentia orgulho disso. Ela era traficante e o filho era do crime organizado.

Outras, usuárias de crack, diziam que não eram noia, só usavam de vez em quando para viajar. Perguntadas sobre a primeira coisa que fariam ao sair da prisão, a resposta foi óbvia: usar crack. Uma delas, soropositivo, disse que usaria tudo, todos os tipos de drogas, que queria morrer, não se importava com a vida.

A pergunta que faço: onde estamos? O que realmente estamos fazendo? Como podemos melhorar, salvar, essas vidas?

Essa mulher está cometendo suicídio, aos poucos ela se mata, mas quantas não se enforcam, não tiram a própria vida por uma injustiça? Às vezes seu crime foi só o roubo de um pedaço de carne, um leite para o filho. Ela acaba perdendo o filho para o abrigo, vai presa, sem expectativa nenhuma, sem oportunidade, sem vida, e o que resta é a morte, a única certeza.

Estão exterminando os pobres, matando o povo, e não só no genocídio cometido pela polícia. Há o genocídio social, o genocídio dos excluídos, a herança da escravidão.

É engraçado que na prisão também há a questão do protagonismo branco, acreditem. Na cela especial, a grande maioria é branca que já foi rica ou que roubou bem. Ouvi uma delas reclamar permanentemente sobre a vida, sobre a prisão e o sofrimento, como se o mundo girasse ao seu redor, como se só ela tivesse problemas. Filha única, criada com tudo do bom e do melhor, acostumada a tratar as pessoas com soberba, após a prisão, foi abandonada pela família. Reclama da prisão, mas sabe que fez errado, que cometeu um crime federal. E eu já não aguentava mais ouvir suas lamúrias com soberba, como se as demais fossem inferiores.

Eu, assim como as outras, já estava farta, dei o papo reto:

— É o seguinte, você não é a única presa, não é a única que quer ir embora, não é a única que chora. Para de querer ser o centro das atenções – branco quer ser protagonista em tudo –, para de trazer carga negativa, o lugar que estamos já é pesado demais, basta. Você não ouve conselhos, não faz as coisas em coletivo, acha que é melhor que todas nós. Creio que

6 DE SETEMBRO DE 2019, SEXTA-FEIRA

você deve lembrar que está presa, isso aqui é uma cadeia, nós não somos suas empregadas, você não tem mais a vida boa de antes, você cometeu um crime, agora aguente as consequências como todas aqui. Na hora de usufruir da grana, não foi bom? Então segura a bronca, eu não cometi nenhum crime e não tô reclamando. Viva e deixe as outras viverem.

Perceberam a gravidade dos problemas das mulheres brancas e das negras? A escravidão continua encrustada na alma dos brancos, como na dessa senhora de 54 anos.

Aqui dentro não existe ninguém que eu tenha visto lá fora em suas respectivas profissões, que eu diga que é doutora. Nem as médicas eu vejo como melhores, todas são reeducandas, usam a mesma roupa, o mesmo uniforme marrom. A única diferença é o número de matrícula.

Essa aí não se acostumou a ver uma preta na cela especial e espero que essa seja a última vez que ela veja uma mulher preta presa.

A vida pra mim nunca foi fácil, eu sempre tive que lutar muito, desde criança. Com doze anos de idade, comecei a trabalhar, pois não tive pai e mãe que me dessem aquilo de que eu precisava.

Sempre soube o que eu queria ser e com o que eu iria trabalhar. Eu queria ser cantora e atriz – e não é que me realizei profissionalmente? Eu não queria ser, eu sempre fui, só precisei de oportunidade. Batalhei muito pra tal feito. Antes de aparecerem essas pessoas, esses anjos que me deram oportunidade, eu estudei, corri atrás, trabalhei até na madrugada tirando as pessoas da rua, pra não morrerem de frio. E por que estou relatando tudo isso? Porque meu coração chega a doer ao lembrar que fui considerada um "perigo" pra sociedade. Como isso pode acontecer e ficar por isso mesmo? É angustiante, desolador, parece que continuo algemada. Se eu fosse transformar o que sinto agora em ódio, eu realmente agiria pior que o que foi dito a meu respeito.

Ainda bem que tenho Deus pra me tranquilizar, ainda bem que sou rodeada de amor, dentro e fora do presídio; não fosse isso, eles estariam fodidos.

Coração humano é terra que homem não pisa. Agradeçam a Deus.

7 DE SETEMBRO DE 2019, SÁBADO

Num dia desses, eu e Taci, umas das companheiras, fizemos caminhadas no pátio. Foi na terça, dia 3. O céu estava bem nublado, num daqueles climas após chover a noite toda. Um dia frio e feio.

Falávamos de Deus, de como nosso plano espiritual estava bem, de que no tempo de Deus iríamos sair – ela também não cometeu nenhum crime. De repente veio um clarão do céu em nossa direção, o céu abriu somente em nossa direção, fomos tomadas por aquela luz celestial maravilhosa, nos olhamos e nos abraçamos, rimos uma alegria que nos tomou por completo.

Eu nunca vi aquilo na vida, nunca havia sentido aquilo, foi como se Deus, Jesus, estivesse me dizendo algo. Inexplicável. E nós duas contemplamos aquele pequeno raio de luz celestial em nossa direção... Não sei descrever o que senti, não tem como, mas foi o melhor que vivi aqui.

Hoje deve ser um daqueles dias em que projetos e gritos de ordem estão a toda pelo Brasil, 7 de setembro. Não recebi visita dos meus irmãos, não sei o que houve, o dia foi estranho. Mesmo não ficando sozinha, foi assim que me senti. Meu almoço foi com a família das companheiras, sem a minha, mas não reclamo.

Tudo bem, logo, logo almoçarei com os meus também. A essas horas, já estou trancada, olhando as mesmas paredes brancas e suas marcas. Setenta e cinco dias a menos. Tá acabando. É assim que eu sinto. Sempre que faço a contagem regressiva, me alivia, me sinto mais perto da liberdade.

8 DE SETEMBRO DE 2019, DOMINGO

Nessa madrugada fui suspendida por Deus... E sabe que não canso de dizer às pessoas para tomarem cuidado com o que pedem, pois Ele realiza.

Cerca de trinta dias atrás, escrevi uma carta para um programa de uma rádio evangélica, programa da Igreja Apostólica da Família, que fica em Osasco. O rádio da companheira, que ela sempre me emprestava, queimou, então fiquei sem ouvir durante todo esse tempo. A data da carta foi 4 de agosto de 2019. Hoje já é dia 8 de setembro.

Arrumei um rádio emprestado e nem lembrei do programa, falei pra Deus:

— Nossa, Deus, bem que o Senhor poderia falar comigo hoje, né? Uma história parecida com a minha poderia passar aqui.

Apaguei as luzes, me deitei... Impressionante como estava cansada, nem cantei pra dona Maysa (a guarda). Quando estava quase pegando no sono, ouvi meu nome na rádio. Achei que fosse sonho, ouvi bem de longe, como um sussurro; de repente ouvi mais forte, e os dizeres da carta pareciam com os meus; aí dei um pulo da cama ao ver que era a minha carta que ela estava lendo e ajoelhei orando a Deus, pois Ele me respondeu.

"Nossa, ele existe mesmo, eu pedi isso hoje, e Ele me atendeu, Deus falou comigo."

O que a pastora disse sobre mim e minha família foi lindo. Foi como se Deus estivesse em contato comigo. Não foi coincidência, e sim Providência. Ela disse que eu iria manter um riso que ninguém poderia tirar, que eu tive que passar por isso pra conhecer mais Deus, pra me fortalecer.

Nesta manhã eu me levantei forte, cuidei de uma companheira que tem depressão e para quem a casa não forneceu o remédio. Este lugar aqui deixa as pessoas mal: se você não tiver uma boa cabeça, as coisas desandam. Enfim, ela tem uma depressão forte e vem se tratando há um bom tempo, e as outras não são muito amigas dela, pois, toda vez que surta, ela briga, então sobrou pra mim, mas eu a compreendo, fico ao lado dela porque gosto e quero que ela fique bem – digamos que aqui dentro ela só pode contar comigo.

8 DE SETEMBRO DE 2019, DOMINGO

Faz uma semana que a casa não fornece o remédio dela... Eles deveriam ser responsabilizados se algo grave acontecer, pois enfiam um antidepressivo até pra quem chegou recentemente, o mesmo para todas, e é para matar, é muito foda isso, vejo umas que tomam para dormir o dia todo, vegetar, pois, mesmo sabendo que isso é automutilação, preferem continuar tomando esse remédio.

Quanto a mim, tô fora, prefiro me medicar com a esperança de um futuro brilhante e promissor.

Às vezes tenho a sensação de que estou escrevendo um roteiro da minha vida, mas o que surge primeiro são as cenas, depois a escrita. Vejo várias coisas aqui que me dão a sensação de *déjà vu*, como se tudo isso já estivesse escrito e eu já conhecesse algumas pessoas.

Digo a elas, às companheiras, que esse é o nosso *reality*, cujo título será *Cela Especial*. Tem cada personagem, tem dias engraçados, tem dias tensos, tem dias de amor e paz. São dezesseis minas em um só ambiente. Ainda bem que cada uma tem sua cela.

Fiz um esconderijo para o rádio que peguei emprestado com a colega; se a guarda vir, a gente vai pro castigo. Deixo ele ligado até a troca de plantão, na madrugada escondo ele na dispensa improvisada que fiz, deixo bem baixinho pra guarda não ouvir, apesar que ela ronca mais que a peste, quase não consigo ouvi a rádio de tão alto que ronca.

Às 3h da manhã ela vem conferir se estamos vivas: o diabo joga uma luz na nossa cara pra ver se estamos respirando, fico me perguntando como vai saber se eu tô realmente dormindo? Eu, hein?!

9 DE SETEMBRO DE 2019, SEGUNDA-FEIRA

Começo a semana com o pé direito. A boa notícia: saiu o HC da minha irmã e da minha cunhada – o HC da Angélica se estendeu às duas. Não fosse pela visita da minha amiga Flavia Gianini e do deputado Paulo Teixeira, eu morreria sem saber. Pois é, nesse fim de semana não tive visita, e as informações de fora chegam a passos lentos, mas, amém, chegaram.

Hoje encontrei uma das moças que estão no tal seguro. Faz um semana que elas chegaram, são duas, e não colocam os pés para fora da cela; se colocam, as guardas nos trancam. Não podemos conviver com elas, segundo a lei da cadeia, ou do crime – o crime delas, segundo outra lei, não tem perdão, são consideradas "Coisa". Se tem uma rebelião, essas pessoas que ficam no seguro, morrem, são espancadas.

Fico a imaginar o que seria pior que estar presa. Eu tenho vantagens aqui dentro, saio da cela todos os dias, convivo com as demais, tomo banho de sol, faço exercícios, subo, desço. Essas moças não saem em hipótese alguma. Que angústia. Se quando nos trancam, em plena luz do dia, eu fico doida, imagina essas mulheres. Uma coisa percebi: elas já são acostumadas com a prisão, o linguajar, o modo como falam com as guardas. Nesse domingo, a diretora ficou cerca de quatro horas, junto à chefe das guardas, com uma delas, acho que é mulher de alguém grande no crime... Ela queria ir para o pavilhão, não sei o desfecho, foi ela que eu encontrei quando fui falar com o povo que me visitou hoje.

Por falar no dia de hoje, completamos 77 dias de prisão, esperando para confirmar o que já sei, que não houve crime algum que tenha cometido e que os "investigadores" não acharam nada. A incompetência do delegado só faz aumentar nesse período. Ele pediu outra busca e apreensão nas ocupações; nota-se que, com todo o escarcéu que fez, não arrumou nada, levaram meus pertences, *notebook*, HD, meus trabalhos de cinema, documentos do movimento MSTC, e não encontraram nenhuma irregularidade. Não cansa de passar vergonha.

Eu sei que minha prisão tem dedo de muita gente, mas sei também que eles não são mais que Deus. Uma hora eu vou sair e colocar minha boca no mundo.

9 DE SETEMBRO DE 2019, SEGUNDA-FEIRA

E o tal do delegado que disse que será prefeito de São Paulo... Fez questão de dizer isso enquanto nos torturava psicologicamente. Imagine se isso acontecer, coitada da população pobre desta cidade.

NÃO PERCA SUA FÉ
Em meio ao fluxo e refluxo da maré do meu destino
Eu lutei bravamente, no silêncio perpétuo (profundo)

O medo que tentou me afogar no mar da solidão
Puxou a minha mão pra outra direção

Gritei bem alto, porque me calar nunca foi uma opção
Nas horas obscuras a tristeza não perdura
Insista, resista, persista, não fuja, não desista...

[refrão duas vezes]

Tire forças do além
Olhe para o horizonte
Evolua sua mente
O sentido (caminho) é pra frente

Nem toda essa tristeza é capaz de lhe parar
Coloque-se de pé
Não perca a sua fé é é é...

Use a resiliência dentro de você
Não espere o outro vir pra reerguer

Não faça do seu caminho muito mais longo que a eternidade
Desfrute a liberdade
Transforme toda dor no mais puro amor

9 DE SETEMBRO DE 2019, SEGUNDA-FEIRA

Encare a sua realidade, nada dura pra sempre
Bem menos a maldade

[refrão duas vezes]

Essa canção é dedicada a todas as companheiras da minha breve jornada na cela especial. A letra descreve a força que cada uma delas carrega dentro de si e o que cada uma delas me ensinou. As que já se foram, as que permanecem, todas são especiais, mais que a cela. Só percebemos a força que temos quando realmente precisamos usá-la.
    Aqui transformamos dor em amor.

10 DE SETEMBRO DE 2019, TERÇA-FEIRA

Depois que fui presa, nesta recente nova vida, percebi que quase toda a humanidade está mais presa que eu. Percebi também que o povo preto nunca foi livre, pois nossos direitos não são garantidos, estamos sempre lutando para sobreviver, fugir da escravidão. Com tudo isso, ainda tem pessoas piores, os escravos de suas atitudes, de suas decisões; e a verdadeira liberdade é muito difícil de ser alcançada. Liberdade e felicidade poderiam se tornar uma coisa só. A felicidade é momentânea. Vivemos em constante agonia, tristes, e entremeamos com momentos de felicidade.

Se pararmos pra pensar que nem todos os momentos são fixos, e sim passageiros, que nada dura pra sempre, podemos atravessar a dor, sofrer com esperança; se aceitarmos e encararmos de frente, o alívio virá, como um remédio de efeito imediato.

Deixar de ter esperança é angustiante, por isso devemos ter algo além de nossas forças físicas para acreditar – eu acredito em Deus e na força que emano dos meus pensamentos, Deus me dá esperança. Acredito na natureza, nos meus orixás e nos meus ancestrais. Acredito que tudo é energia, transmissão.

A sociedade é tão cruel e exerce sobre nós uma pressão tão grande que passamos a necessitar desse embotamento pra viver, sobreviver, ser aceito em determinado grupo. Por outro lado, atrás das grades, retirados do conviver com a sociedade, somos livres dessa pressão imposta pelo modelo de sociedade, embora fiquemos trancadas em determinado horário e tenhamos as correspondências violadas, cadeado nas portas etc. Aqui passamos a entender a situação com inteligência, olhamos no espelho e não vemos espinhas, rugas, marcas de expressão; vemos nossa alma e, junto com ela, uma nova vida, a que foi trazida pela esperança (Deus).

Se bem que nem todas aqui pensam assim; algumas estão mais presas que outras. Presas no passado, na culpa, na mágoa. Ainda vivem como se fosse o primeiro dia neste lugar. Muitas não se importam com "como" sair daqui, mas com "quando". O importante pra mim é como sairei daqui, o tempo é um amigo, é assim que o vejo: necessário, preciso e infalível. Posso ter sido protegida de outras maldades reservadas pra mim lá fora.

10 DE SETEMBRO DE 2019, TERÇA-FEIRA

Tudo o que fazemos gera consequências, por isso deixo a vocês uma reflexão: o que você vem fazendo é libertador? O que você proporciona aos outros serviria a você e aos que você ama?

Nunca esqueça do brinde que a vida lhe reserva. Eu também não estou aqui para converter ninguém a adorar Deus, existem outras formas de chegar à paz espiritual que menciono, e você pode fazer do jeito que lhe transmite seu Deus, o importante é o caminho, a absolvição do que o momento lhe proporciona. Eu não estou feliz presa, mas, enquanto me encontro aqui, faço os momentos felizes acontecerem. Se tudo é passageiro, quero passar mais tempo sorrindo, então. Quando fecho meus olhos e penso no futuro, dou o meu mais largo e ouro sorriso, vejo muita luz. Nanã abrindo e limpando meus caminhos. Tudo é ancestral, até essas letras que junto agora formando essas palavras.

11 DE SETEMBRO DE 2019, QUARTA-FEIRA

Na hora que nos recolhem, me recordo da minha época de criança, quando, depois brincar a tarde toda, bebia água da mangueira e ia pra casa. Eu tinha hora pra sair de casa e hora de retornar.

Aqui também é assim: a tranca da minha cela abre às 9h; às 16h45, elas nos trancam. Procuro sempre ter o que fazer, pois a leitura só não basta.

Hoje todas nós da cela especial fizemos uma vaquinha para ajudar as moças do seguro. Sim, nesse caso é ajuda, diferente de oportunidade, isso é ajuda, pois vai além do momentâneo. Elas passam o dia todo trancadas, não tem chance de sair, como nós, as da "cela especial"; essas mulheres não tinham absorvente, desodorante, coisas tão básicas que dá até raiva.

Finalmente conheci o pavilhão, e o dentista finalmente me atendeu – tirou a resina de cola dos meus dentes e os elogiou muito. Que bom.

Ao meu ver, o pavilhão não passa de uma grande jaula, igual as prisões dos Estados Unidos, aquelas de filmes, divididas por andar... São duas em cada cela e três pavilhões divididos por alas A e B, o que dá a cada pavilhão a multiplicação por dois; ou seja, 260 vezes dois, a cada pavilhão... São três pavilhões, 260 vezes seis, cerca de 4.800 mulheres.

Eu faço parte de 0,1% dessas mulheres. Contabilizando todas elas e as demais "especiais", somos privilegiadas, por isso não acho justo reclamar... Aquelas mulheres são o que chamam de fracasso da sociedade, as que não deram certo. Mas o que a maioria das pessoas não sabe é que, dessas, 70% são brancas, com superior incompleto, e muitas não chegam aos trinta anos. Precisamos rever conceitos, julgamentos e apontamentos. A sociedade insiste em dizer que gente preta comete mais crimes que gente branca.

Eu me sinto uma garota rebelde em um colégio interno, sem contato com o mundo, com novas tecnologias, família, amigos.

É como se estivesse me limpando de alguma droga ou vício que tinha lá fora.

11 DE SETEMBRO DE 2019, QUARTA-FEIRA

Sabe por que a princesa é presa na torre? Porque ela é rebelde, à frente de seu tempo, revolucionária. Mesmo não tendo cometido crime algum, é presa numa torre, para ficar longe dos demais iguais a ela, para não causar uma rebelião social, a rebelião da informação, de lutar contra o sistema. No meu caso, sou princesa de Angola, como diz minha música.

14 DE SETEMBRO DE 2019, SÁBADO

Esta é a história de uma garota negra, 22 anos de idade, presa por ser inocente demais.

De uma favela das periferias mais fundas da Zona Leste de São Paulo, Catarine (nome falso) não teve oportunidade na vida, foi criada só pela mãe em um barraco de madeira com mais quatro irmãos. Conheceu um rapaz que era da vida do crime e se apaixonou. Ele foi preso, e ela ia visitá-lo todos os fins de semana.

Um dia, alguma mulher da fila pediu a Catarine entrar com um maço de cigarro, pois já estava com a quantia permitida. O namorado sempre lhe disse para não pegar nada de ninguém e ficar esperta. Não adiantou. Catarine não sabia, mas aquele maço destruiu sua vida, seus sonhos. Tinha mais drogas que cigarro dentro do maço. Ela foi presa e condenada a anos por tráfico de portaria.

Catarine se envolveu com outra mulher no presídio. Um dia, após uma queda de pressão, baixa imunidade, foi levada ao ambulatório do presídio para fazer exames e descobrir o motivo do mal súbito. Resultado: HIV positivo. Catarine teve que ser internada às pressas, pois a doença, pelo visto, estava em estágio avançado. Ela nunca tomou remédios. Agora está sendo cuidadosamente medicada.

Nos presídios, o índice dessa doença é altíssimo, precisamos prevenir as mulheres urgente.

Catarine não sabe de quem contraiu, se foi do ex ou da atual – esta ainda não está no mesmo presídio que ela, mas já está com as malas prontas pra ir.

Catarine é linda e educada, tem um sorriso lindo, uma pinta no queixo, um rosto angelical e uma vida inteira pela frente.

Catarine é mais uma do processo de criarmos oportunidades para alavancar sua vida. Cabe a nós darmos e criarmos essa oportunidade que ela nunca teve.

CONJUNTURA

Em 24 de junho de 2019, comecei a viver tudo o que já havia lido e ouvido sobre ditadura.

14 DE SETEMBRO DE 2019, SÁBADO

Fim da democracia, fim do direto de escolha, extermínio dos direitos democráticos. Faz exatamente 82 dias que me prenderam sem provas de que cometi algum crime: fim dos meus direitos constitucionais.

Ao analisar o que estou vivendo, vejo um país afundando no retrocesso, sem esperança, onde pobre fica mais pobre, chegando ao estado de miséria, e rico se lambuza com o suor e sangue de um povo que sempre foi rico em suas riquezas naturais mal divididas, para que brancos privilegiados se beneficiem e pobres continuem sem o direito de usufruir do que é deles por direito.

O Brasil está em terceiro lugar no número de população carcerária, nós estamos entre os melhores do mundo nas piores coisas: educação, saúde, fome e moradia, entre outros quesitos. Aqui são 3 mil mulheres, ou melhor, reeducandas, 85% negras, representantes do fracasso institucional brasileiro.

Todas são presas políticas. Resultado do sucesso da necropolítica. A falta de oportunidade, de direitos, de governantes que realmente exerçam suas funções sem seletividade, a falta de seus direitos constitucionais, direitos que elas, em sua maior parte, nem sabem existir. São escravas desse sistema opressor e injusto. É como viver o *apartheid*. Estamos nas sobras de 1964. A população negra morre nas mãos da polícia, e o genocídio não é velado, tem autorização do ministro.

Pessoas ainda são presas por opinião política, estamos vivenciando uma perseguição como estratégia, como desmobilização da força dos que lutam por um mundo melhor.

Estou convicta de que a igualdade social é a única base para a felicidade da humanidade.

Uma nação cujo seus representantes políticos enfatizam que "será impossível mudar o país através da democracia" está se enforcando, caminhando para a beira do precipício. Matar a democracia é aniquilar todas as conquistas, é acabar com direitos a escolha.

Vivemos tempos difíceis, em que as arbitrariedades ganham forças, tentando controlar uma nação pelo medo. Essa é a forma com que tal

14 DE SETEMBRO DE 2019, SÁBADO

"governo" impõe sua opinião e sua vontade, claro – além de privatizar até nossa alma.

O Brasil se afunda no fracasso, voltamos para a época em que a fome assolava, em que a seca matava. É preciso unificar as forças, lutar de mãos dadas para não perder as conquistas de heroínas e heróis que morreram para defender nossos direitos.

Que possamos lutar juntos, pois é a única maneira de mudar o rumo deste país. Precisamos nos inspirar pelas mesmas ideias e causas comuns.

Estão privando de suas liberdades, seres humanos que defendem seus direitos constitucionais, que exigem conforme também lhe é exigido. Enquanto isso, os que deveriam estar presos por não fazerem esses direitos prevalecerem usam ternos caros e andam em carros blindados, passando por cima da necessidade do povo; aliás, passando por cima do próprio povo.

15 DE SETEMBRO DE 2019, DOMINGO

Continuo a descobrir o que tenho que aprender com a vida.

Nunca estive tão bem preparada para transformar sabedoria em experiência.

Esse era um dos lugares que me faltava conhecer do jeito que conheci. Eu vivi intensamente a cadeia, onde vi, ouvi e passei por muitas coisas. Claro que não vou dizer que sofri mais ou menos que alguém, porque não há termômetro para a dor, para o sofrimento. No entanto, ainda acho que a família e as pessoas que nos amam acabam sofrendo mais que a própria presa. E, nesse processo, assim como ficamos alegres e esperançosas por receber uma carta, creio que eles também fiquem. De minha parte, me mantive de pé, com uma força que eu nem sabia que tinha – era minha força de vontade, era Deus, minha fé, as pessoas que acreditaram em mim, dentro e fora do presídio.

E pras outras não fiz mais que minha obrigação. Levar essas mulheres a acreditarem em si, em ter esperança pós-sentença. Agora elas sabem que podemos fazer tudo no plural, na multiplicação; desde que cheguei, indago, mexo na ferida delas, ouço seus desabafos, para aliviar um pouco o deserto que atravessamos juntas, e também conto os meus problemas, divido pensamentos – mesmo que prefira desabafar escrevendo, ato que me alivia e me faz viajar, como se estivesse narrando o futuro. Também faço minhas palhaçadas, fico contando meus casos de adolescente para descontrair.

Agora elas cantam "Não perca sua fé", música que foi inspirada nelas.

Agora cantamos nossa própria letra, elas sorriem ao cantar.

Tô feliz, trouxe mais esperança para elas.

16 DE SETEMBRO DE 2019, SEGUNDA-FEIRA

Hoje é um daqueles dias quentes, em que você provavelmente sairia pra tomar uma cerveja gelada.

Eu, aqui, tomo água da torneira – durante a noite vai um litro e meio –, deixo a toalha molhada perto e fico só de calcinha e sutiã. Mas não foi por isso que comecei a escrever. Só escrevi isso porque a guarda perguntou se eu estava me sentindo na praia (risos). Respondi que sim, só faltava a caipirinha (19h).

Porém, o dia hoje começou bem cedo. Logo pela manhã recebi a visita de uma das mulheres que, na minha opinião, é uma das mais importantes deste país: Ana Estela Haddad. Fiquei tão feliz, nos abraçamos, andamos de mãos dadas, conversamos bastante. Ela me disse que sou uma moça muito talentosa, de múltiplos talentos, e que não mereço estar num lugar como este. Me disse que meu sorriso é lindo e impagável. Ela é demais – e não digo por conta dos elogios que me fez, mas porque deu oportunidade a muitos jovens no Brasil: ela criou o Prouni, sim. Como não amar uma mulher com tanta inteligência e um coração tão nobre? Ela pensa em educação para uma nação que sempre foi desestimulada a estudar. Para quem sempre teve o acesso à educação escasso, isso é esperança. Por isso digo que ela é foda. Minha admiração por ela só aumentou após essa visita.

Em seguida recebi o dr. Vinicius Cascone, vulgo meu noivo (risos). É assim que todas chamam ele aqui dentro.

Na verdade, falando sobre isso, eu não vou me iludir, pois estou presa e não sei o que acontece lá fora, não sei como as coisas estão e o que realmente se passa. Esse lance entre nós não aconteceu agora (depois da minha prisão), já estávamos conversando lá fora, mas não tinha rolado nada. Mas eu achei o gesto dele tão nobre, tão lindo, que acabei me afeiçoando. Nós rimos muito juntos. Deixa rolar, deixa eu sair, eu vou aproveitar por todos os dias de privação... Só hoje são 84 dias, que parecem mil anos.

Ainda assim, eu tô vivendo de forma bem fortalecedora, tô tirando daqui o melhor. Vocês devem estar se perguntando o que tem de bom

16 DE SETEMBRO DE 2019, SEGUNDA-FEIRA

para tirar de uma prisão. Não é o local que vai me fazer, e sim as pessoas; depois que aprendi que toda essa minha força vem de Deus, suporto qualquer coisa aqui dentro. Tô fazendo a cadeia ficar leve, vivendo aqui e me esquecendo de fora, assim eu não sobrecarrego meu corpo nem, muito menos, minha mente, criando expectativas frustrantes. Aqui minha preocupação diária é saber o que eu vou arrumar pra fazer – lavar roupa já é habitual, aliás já estão desgastadas de tanto que eu lavo. Em "meu" quarto temporário, emprestado, já não cabem mais mudanças nem decorações ou livros – leio um por noite. Agora inventei de fazer ioga (risos). Eu tô sem o que fazer... Quem diria. Eu creio em Deus que logo, logo isso acaba.

17 DE SETEMBRO DE 2019, TERÇA-FEIRA

Toda vez que leio essa denúncia oferecida ao MP, me dá vontade de rir.

Como podem cair nesse golpe? Como podem ser tão sem noção? Me pergunto de que adiantou estudarem tanto. Se fazem de bonzinhos, de inocentes, como se fossem mocinhos. O MP e o Judiciário, apelidado por mim de "Injudiciário", têm que ser freados. Instituições sérias estão nas mãos de pessoas que fazem prevalecer ideologias e vontades pessoais. Cadê a justiça para a falsa justiça? Usam as leis inventadas por homens brancos para vigiar, castigar e controlar pessoas pretas.

Uma juíza que coloca sua opinião pessoal nitidamente em um processo tem que ser presa. Isso não é justiça. Perdi o direito a ter direitos pelas mãos de uma pessoa que brinca de ser da lei, branca, racista e de opinião política totalmente diferente da minha. No caso de um processo que tem que ser julgado, o que importa não é se cometi crime ou não? Não haverá de ter direito de defesa de minha parte?

Se eu fosse pensar que minha liberdade só depende dela, dessa tal "juíza", eu me mataria, sério. Se eu fosse me apegar ao que relatou, ao seu discurso já mencionado, à sua opinião pessoal sobre mim, eu teria a certeza de que já estava condenada à prisão perpétua. Com certeza ela pesquisou sobre mim na internet, ela sabe que eu não sou esse monstro que ela condenou.

Ainda bem que existe a justiça divina, ainda bem que existe um Deus, forças do bem e casos do além.

O jogo ainda não acabou, não me apego a essas coisas.

Os vilões hoje têm nome de "testemunhas protegidas". Deles, eu tenho dó, sério. Tenho dó porque acho que vão ganhar alguma coisa da "(in)justiça", do delegado, ou por inveja, maldade mesmo. São pobres e burros, pois vão continuar na miséria e não percebem que não passam de lixo para essa gente branca e rica. Eles acham que vão me prejudicar, mas na verdade estão fazendo isso consigo mesmos. Não passam de brinquedos nas mãos desse povo; e, quando não conseguirem o que querem, serão descartáveis, nem vão servir pra reciclagem. Vão parar na rua da amargura, batendo mais uma vez na porta do movimento... É sempre

17 DE SETEMBRO DE 2019, TERÇA-FEIRA

assim, esse tipo de gente não tem brio, caráter, escrúpulos. E, pra falar a verdade, do jeito que eu e minha mãe somos, capaz de ajudarmos essas pestes novamente (risos).

Um dia, eu ainda conto uma história dessas "testemunhas" protegidas. A volta das "testemunhas" protegidas. Pode até ser o nome do meu próximo livro.

Se Lula foi preso para não se tornar presidente, eu fui presa por quê?

19 DE SETEMBRO DE 2019, QUINTA-FEIRA

Hoje é dia 19, e eu não tenho nenhuma notícia sobre meu processo. Faz um bom tempo que não vejo meus advogados. Isso me angustia, a pior coisa é estar presa sem ter notícias do mundo.

Cartas, nosso único meio comunicação, não chegam há um bom tempo... A greve nos Correios impactou muito os presídios. Porém, uma coisa que eu não perco é a esperança, eu tô sempre encorajando as outras mulheres a sonhar, a ter esperança, a saber que aqui não é o fim da linha, que ainda tem muito lá fora.

Todas elas sonham, e eu as encorajo a realizar seus sonhos, que não foram feitos para ficar apenas na mente.

Depois das minhas falas, vejo muitas delas mudarem de posicionamento, de atitude, acreditarem mais em si mesmas... Isso é ótimo, me faz acreditar que podemos mudar muita coisa, tudo isso é a plena certeza de que compete a nós ensinar a quem não tem a menor ideia de suas forças.

Cabe a todas as lideranças enxergar as capacidades dos outros. Em minha opinião, um líder caminha não à frente, e sim ao lado. Ensinando, treinando substitutas(os), fazendo junto, de mãos dadas. Não se faz luta sozinha, tudo tem que ser em coletivo.

20 DE SETEMBRO DE 2019, SEXTA-FEIRA

REQUISIÇÃO PARA ATENDIMENTO (PSICOSSOCIAL)
Aí você olha esse bilhete e imagina que uma velhinha está ao seu aguardo.
Eu não demorei cinco minutos no atendimento. A tal técnica é uma jovem de dezenove anos, estudante do Mackenzie, a mesma tinha até receio de falar comigo. Sentou-se ao meu lado e me entregou uma ficha com umas perguntas bobas. Não falou nada, e eu comecei a lhe fazer várias perguntas – ou seja, no fim, quem acabou trabalhando fui eu.
Pensei: "O que será dela quando chamarem as meninas do pavilhão? Elas vão cair matando".
É uma irresponsabilidade imensa uma moça dessa atender sozinha.

Hoje recebi a visita do dr. Vinicius e da minha amiga Rissia, diretamente de NY.
Tínhamos planejado de nos encontrar em NY agora em setembro. Já estava tudo certo, mas infelizmente eu vim presa. Rissia é doce, alegre, uma pessoa muito especial. Tenho muito apreço por ela.
A visita não demorou muito pois já estava quase na hora da troca de plantão e a tranca já tinha batido. Aqui no presídio eu recebo tantos advogados que os funcionários já sabem.

Requisição para Atendimento (Psicossocial)

Matrícula: 1169417	Cela: **ESPECIAL**
Nome: JANICE FERREIRA SILVA	

Dt Atendimento **20/09/2019**	Horário: **09:00**
Técnico(s): ███████	
Local de Atendimento Galeria Alta	

21 DE SETEMBRO DE 2019, SÁBADO

Vem cá, escute a minha música
Risco papel, faço denuncia, mas do poder eles abusam
Fui acusada, abusada, forjada, humilhada, algemada...
Sem direito a ter direitos
Tanta injustiça e cadê a justiça para a "justiça"?

Fecha a tranca, chama a imprensa
Põe na capa do jornal, ela não passa de uma marginal
Um perigo para a sociedade patriarcal
Não tem verdade, a boca que mente
Estou sempre a provar que sou inocente

[refrão duas vezes]

A detenção é pro preto pobre
Já nasce pedindo alvará
Revistado desde o ventre
O delegado sempre o acusará, mesmo sem provar

Mas, veja bem, pode jogar a chave fora
A liberdade é estar além
Toda vitória tem sua hora
E a minha, senhora, é agora!

Em qual instância se esconde o direito
De me julgar?
Seus cadeados não me causam medo
Sou resistente, tenha isso em mente
O que não me matou mais forte me deixou
Muito maior é o que o futuro pra mim preparou
Um novo recomeçar, a esperança que de mim ninguém pode tirar

24 DE SETEMBRO DE 2019, TERÇA-FEIRA

Noventa e dois dias. Hoje às 20h eu estava acordada, pensando na loucura que me aconteceu, e a primeira coisa que fiz foi ajoelhar no chão e agradecer a Deus. Sabe por que agradeci? Porque estou viva! Independentemente de estar neste lugar, eu sei que ainda estou melhor que muitas pessoas no mundo inteiro... Aliás, nem preciso ir longe, aqui mesmo tem várias com doenças graves, com anos de condenação, sem família.

Ficar aqui presa não é fácil, não é mesmo, só eu e Deus sabemos das minhas angústias, principalmente quando fecham as trancas.

Hoje também foi dia de comemorar – além da minha vida, comemorei o alvará de uma das minhas amigas aqui dentro, a Taci.

É estranho e ao mesmo tempo gratificante: ela realmente precisava ir embora; um ano e cinco meses de injustiça, presa por causa de um homem que não aceitou o fim do relacionamento, aquela que foi acusada do 121 contra o ex-marido, a do sogro pilantra.

Tive um mix de sentimentos. Cantamos a música "Não perca a sua fé", andamos abraçadas no pátio, arrumamos suas malas, choramos, sorrimos, pulamos, nos abraçamos. Deus é bom.

Fiquei muito feliz agora que ela vai poder reencontrar seu filho Miguel, de três aninhos, separados por causa desse monstro e seu sentimento doentio por ela.

Fico imaginando como deve estar minha família hoje. Há 92 dias estamos separados.

Ao mesmo tempo, sinto que em breve estarei em casa nos braços de quem eu amo e me ama.

Noventa e dois dias presa por causa da loucura do homem.

Por conta da maldade e da mentira.

Eu sei que não vou ficar pra sempre, mas o tempo aqui dói e não passa.

Até chegar a liberdade, eu vou sonhando.

Eu já estou livre.

Noventa e dois dias a menos.

Tem que ser muito foda pra ficar presa e não pirar, ainda mais quando não cometeu nenhum crime.

24 DE SETEMBRO DE 2019, TERÇA-FEIRA

Entendo por que muitas pessoas se revoltam: é um sistema injusto, mentiroso e ganancioso. Condena pobre em nome de seus interesses pessoais. Escravidão que nunca acabou.

Agora com a lei do abuso, vamos ver se tem justiça para a "justiça". É indignante esses abusos de poder, ficar por isso mesmo... Alguém tem que parar esses senhores feudais.

Estou presa há noventa e dois dias sem ter feito nada que colocasse minha conduta em prova, eu tô presa sem nenhuma prova, apenas porque terceiros falaram que eu fiz algo. Presa sem provas de que cometi crime; assim como eu, há milhões de pessoas passando por isso.

É revoltante, mas graças a Deus tenho uma boa cabeça e sei que tudo isso não passa de política, não existe crime, e sim imposição.

25 DE SETEMBRO DE 2019, QUARTA-FEIRA

Eu queria que vocês vissem como estou indo dormir (risos). Toda maquiada. Batom vermelho, rímel, sobrancelhas perfeitas. Me arrumei toda e tô aqui ouvindo música.

Às vezes eu faço isso e fico me olhando no espelho e me lembrando de quando me arrumava pra sair. É como uma das minha fugas deste lugar, fico me imaginando em outro lugar, como se a minha vida voltasse ao normal. Às vezes também durmo pronta, pois sempre vem alguém pela manhã me requisitar... e, como não dá tempo de me arrumar, eu já fico meio que pronta.

Mas esses dois exemplos não superam o maior e verdadeiro: gosto de ficar sempre pronta como se a qualquer segundo minha liberdade fosse chegar, então já deixo tudo no jeito, até as roupas de cama da casa e o uniforme estão embalados para devolução. Estou sempre alerta, 24 horas por dia pronta. Eu tô preparada para ir embora e não quero sair de qualquer jeito.

26 DE SETEMBRO DE 2019, QUINTA-FEIRA

Ainda bem que estava pronta. Logo pela manhã, tomei um banho sossegada e me arrumei como se fosse dar alguma entrevista, enquanto todas me perguntavam por que eu estava tão bela. Respondi que nunca se sabe quando alguém irá chegar. Dito e feito, minha amiga e uma comissão vieram me ver. Erika Hilton, a deputada.

Então, esteja sempre pronta.

CONSULTA MÉDICA

Hoje passei no clínico geral só pra pedir minhas vitaminas, nada demais. Cheguei ao consultório e encontrei duas manas que vieram no mesmo bonde de Franco para Santana. Vi aquela mulher responder a meu boa-tarde como se me conhecesse... Quando eu olhei bem, a reconheci.

Nós nos abraçamos, foi como se nos conhecêssemos há anos, tipo quando você está em um lugar só e vê um rosto amigo. Achei uma gentileza quando balançou a cabeça como se estivesse me dizendo "eu te conheço, você não lembra de mim?".

As guardas e as enfermeiras me passaram na frente para medir a pressão; na verdade, quem é da especial tem que passar na frente, mas o interesse delas era outro. Só faltou me pedir *selfie*. Fiquei desconfortável com essa situação; afinal, são todas presas. "Você que é a Preta?" Como se não soubessem... "Vi sua entrevista na TV, na TV você é maior, blá-blá-blá..." Disse a elas que não queria passar na frente, que só seria atendida depois das que chegaram primeiro, mas nada feito, lógico (parece que fazem questão de manter esse *apartheid* da cela especial).

Como se fossem minhas amigas, querem me falar sobre políticas públicas, saúde (por exemplo, a guarda que me tratou mal quando não sabia quem eu era). Me disse que a culpa das lotações dos presídios era caso de saúde pública, e eu, como não consigo me segurar, dei uma aula básica para elas. Juro a vocês que ela não sabia o que dizia, ela queria dizer a mim que também era inteligente... Não duvido, mas só queria minhas vitaminas e nada mais.

26 DE SETEMBRO DE 2019, QUINTA-FEIRA

Ela estava impressionada, não estava habituada a esse tipo de discussão com uma presa. Tanto que puxou uma cadeira do consultório pra eu me sentar, como se estivéssemos num debate entre amigos.

Expliquei para as três – guarda e enfermeiras – o que era um preso político e o fracasso do sistema com seus cidadãos, sobre a necropolítica e a política do encarceramento em massa.

No fim, elas me disseram:

— Você nem deveria estar aqui, eu achei até que já tivesse ido embora.

Disse a elas que logo vou.

Todas as vezes que me aproximo do pavilhão, ou que vejo essas mulheres no estado de precariedade, fico mal, com uma sensação de impunidade, de mimada, privilegiada, de mãos atadas. Eu quero e tenho que fazer algo por essas pessoas – não é possível que não exista política voltada para essas pessoas, eles não tratam essas pessoas como seres humanos. É uma triste realidade.

Minha amiga Erika Hilton, hoje, veio me visitar. Antes de me chamar, o diretor do presídio a levou em diversos locais, a fábricas onde as reeducandas trabalham, e ela percebeu a maquiagem. A muitas perguntas eu pude responder, mas na frente dele, como sempre, pois nunca fico a sós com uma visita importante. Tem sempre alguém visitando para ver se falo algo sobre eles; têm medo de que eu faça denúncias.

Quando ela chegou, notei muitos preconceitos – misóginos, homofóbicos, de homens e mulheres, vi as reeducandas rindo e comentando umas com as outras sobre Erika, fiquei a olhar e pensei: "Olha como essas manas foram ensinadas erroneamente, sim, porque elas estão rindo de alguém que veio ajudá-las, mas, antes disso, estão rindo de uma mulher trans, deputada que elas nem sabem quem é".

Como é impressionante ver uma pessoa que veio parar atrás das grades, também por causa do preconceito, ser preconceituosa e desrespeitosa com outra. É de doer, não consigo explicar a sensação. É como a velha história do oprimido que vira opressor.

26 DE SETEMBRO DE 2019, QUINTA-FEIRA

Alguém tem que mostrar o lado certo da história pra essas mulheres, alguém tem que reeducar de verdade essas mulheres.

Como me disse a senhora na enfermaria: "Como educar alguém que nunca teve educação?". Resposta: dando o que nunca tiveram; ou seja, oportunidade. Todos nós estamos suscetíveis a erros, a segunda chance não pode funcionar somente quando se trata de você ou de alguém que você ama, tem que ser para todos.

Voltando a Erika, falamos de algo de grande valia, que pode alertar todos. A minha prisão e a do Lula estão amedrontando geral. Pensamos que qualquer um de nós, que lute por igualdade, será considerado um perigo, e, como eles falam, não somos perigo pra sociedade, e sim para o sistema, que manipula, oprime e quer ter o poder. A sociedade não teme por minha causa, e sim porque impõe medo com suas armas.

O tiro que matou uma criança no Rio foi de fuzil, e é só isso que eles dizem. Mas de quem era o dedo no gatilho? De quem foi a culpa? De quem era o fuzil? Quem treinou a pessoa que segura o fuzil que derruba corpos pretos? Estamos morrendo com oitenta tiros, com catorze, com um, e ainda somos encarcerados sem ter feito nada.

Será que essa gente o mal chora? Será que tem coração? Que poder é esse que a ganância e o dinheiro tem sobre essa gente?

Eles não perdoam nada nem ninguém.

A culpa é sempre do preto pobre que estava na hora e no local errados. As desculpas já vêm decoradas. A impunidade é certeira.

Mas eu tenho fé de que uma hora tudo isso acaba, o cerco está se fechando. Eles não percebem, mas o povo está cansado, acordando, se revoltando. Creio que mais uma revolta do povo preto se aproxima; quando isso acontecer, estarei livre para junto com meu povo todo esse racismo combater.

Nessa visita da Erika, fiz algo impensado, mas que deve ter algum impacto bom. Chamei a dona Regina e as apresentei. Regina tem uma filha trans, que agora é homem, e ela não o aceita.

26 DE SETEMBRO DE 2019, QUINTA-FEIRA

A Erika é trans e foi tratada muito bem pela Regina. Quem sabe ela nota que o filho pode ser o que quiser. Espero ter ajudado em sua reflexão, pois dona Regina não é bem quista pelos outros funcionários. Quando fala, cansa, pois fuma mais que a Caipora... Deve pesar uns 150 quilos ou mais. Seu andar já está cambaleando de tanto peso, e ela é uma pessoa bem infeliz. Nem o pai a quer por perto: o velho mandou dividir a casa ao meio só pra não ter que olhar para Regina. Ele literalmente dividiu com uma parede a casa.

Tem dias que ela nem quer voltar pra casa de tanta tristeza. Ela não tem amigos e vive no presídio, com seu infiel salário de miséria, uma casa dividida ao meio e as brigas no trabalho, ninguém gosta dela. Ela não gostava muito de mim, agora me ama. Ela é uma daquelas pessoas que fiz mudarem de opinião sobre a luta por moradia e até me dá conselhos.

28 DE SETEMBRO DE 2019, SÁBADO

Depois de 96 dias, consegui ver minha irmã Lorena. Nossa, quantas saudades!

Passamos uma tarde incrível, foi como se não tivéssemos sido separadas. Soube que a minha sobrinha Victória já aprendeu a ler e está lendo minhas cartas, até já aprendeu a escrever, e eu perdi isso, eu nunca perdi nada da vida da Vic, desde a barriga da mãe eu a acompanho como se ela fosse minha filha também. Até isso me tiraram.

Ela também já sabe que estou presa, diz que sou igual ao Lula, ajudei as pessoas e fui presa (risos). Quanta inteligência. E ela só tem seis aninhos de idade, imagine quando for maior.

Soube que o Kauê já sabe falar, está saindo das fraldas, usando peniquinho, e eu aqui sem ver nada disso... Miminha foi trocada de escola, graças a Deus. É a filha do Sidy, meu irmão que também está preso.

Eu não vejo a hora de voltar para os seios da minha família, para os abraços dessas crianças. Sinto tanta falta, acho que da prisão injusta o que mais me fez falta foram as crianças. Sou tipo aquela tia que estraga, que dá o doce na hora errada, que ensina as coisas mais engraçadas, gosto de ficar abraçada com todos eles no sofá, fazemos vídeos, fotos... A tia boba que acompanha cada passo. Independentemente da idade, pra mim, vão ser sempre crianças.

29 DE SETEMBRO DE 2019, DOMINGO

Domingo, níver do meu irmão Tiago. Mais uma celebração em família que eu perco... Vou me lembrar bastante disso tudo quando estiver livre. Todas as vezes que eu me irar ou me entristecer, vou me lembrar do que eu vivi nesses 97 dias de prisão.

Não existe coisa pior que passar por um presídio. Eu nunca fui de reclamar da vida e das suas dificuldades; agora, depois de ter passado por aqui, não tenho motivo algum.

Eu queria que todas as pessoas cruéis, ruins, passassem um mês presas, só um mês, pra saber quão desesperador é – passam mil coisas na cabeça, entre elas como seria se eu me suicidasse. Eu não vou fazer isso, mas já pensei em fazer, é desesperador não saber seu destino.

Eu tenho tantas coisas pra viver, pra realizar, que sinto como se meus sonhos estivessem guardados em uma mala a minha espera. O tempo aqui não passa, é como se mil anos fossem um dia, e um dia fosse mil anos. A leitura cansa, escrever causa calos, cansa, correr cansa e tem um tempo determinado.

Hoje eu me deitei no pátio e fiquei olhando o céu, sonhando e viajando nas nuvens. Imaginei minha família reunida, almoçando como sempre fazemos aos domingos! Quantas saudades, família.

Pergunto a Deus se irá demorar muito, pois estou cansando... É como o último suspiro no fim da batalha, a cadeia tá começando a pesar. Ficar presa cansa demais. A esperança vai meio que se esgotando, aí procuro um fiozinho de esperança a que me agarrar, penso nas crianças, no que me espera lá fora, mas hoje não sei nada.

O silêncio impera, e isso me preocupa. Ser forte o tempo todo cansa, e, na hora da tranca, só quem sabe o que eu sinto é Deus. Ele sabe quantos litros de lágrimas eu derramo.

Às vezes me dá vontade de entrar na vida do crime... Fico pensando, imagina eu batizada no crime? Vocês iam ver que perigo pra sociedade eu seria. Assustou, né? Claro que não vou fazer isso, jamais, não é da minha índole. Aí você pensa: "Imagina quantas mulheres inocentes entram na vida do crime por revolta?". São muitas, quem forma bandidos

29 DE SETEMBRO DE 2019, DOMINGO

é o próprio sistema, preso no Brasil é uma máquina de dinheiro, esse é o único futuro que eles enxergam para o país, constroem mais presídios que escola. Tiram da educação e investem em sistema carcerário, pois já estão prevendo o futuro da nação.

30 DE SETEMBRO DE 2019, SEGUNDA-FEIRA

Último dia de setembro, e continuo presa.

Hoje faz 98 dias que estou aqui, e a minha vida ainda se encontra em mãos desconhecidas. No presídio, houve palestra sobre saúde mental, sobre suicídio; não sei quem foi a palestrante, não assisti à palestra, só as funcionárias viram.

Tudo ou qualquer coisa que acontece no presídio é vetado para cela especial; não nos deixam participar de nada. Não me pergunte, pois não sei o motivo. É como se quem tivesse nível superior não precisasse de mais nada. Ganhei um livro da dra. Eunice Higuchi – não das mãos dela, mas porque a palestrante pediu pra entregar a todas da cela especial.

Às vezes, quase sempre, não tenho nada pra fazer, e a Rafa fica arrancando seus matos e cuidando da sua horta. Ela diz que é terapia. Percebi vários ramalhetes de trevos de três folhas... Sempre fico procurando o de quatro, é minha terapia aqui dentro, e as meninas me chamam de louca, dizem que virou fissura, mas de vez em quando me ajudam. Disse a elas que quando eu achar meu trevo de quatro folhas, a liberdade vai cantar. Eu já achei um uma vez, eu era adolescente, boto muita fé na projeção dos meus pensamentos, acredito e confio no que quero.

Toda vez que procuro, digo que estou à procura do meu HC. Até que hoje, enquanto elas estavam na palestra, achei o bendito trevo de quatro folhas! Depois de um mês caçando sem parar, hoje, dando uma olhada básica só pra não perder o costume, achei o trevo. Eu disse que, quando encontrasse esse trevo, o HC chegaria... Agora vamos ver se funciona. O trevo está aqui, envolto em um durex, como prova da minha persistência e do acreditar na força dos pensamentos.

O trevo existe mesmo, algumas me chamaram de teimosa, outras foram procurar também. Dizem que eu dou sorte à cela especial.

Agora eu que chamo elas de loucas. Fico aqui olhando elas procurarem o trevo delas.

2 DE OUTUBRO DE 2019, QUARTA-FEIRA

Eu não tenho noção do que estou fazendo para mudar a vida dessas mulheres presas aqui, porém sei que está funcionando.

As meninas do pavilhão me pediram ajuda. O problema não é entre as reeducandas, e sim dos educadores; elas estão estudando para prestar vestibular e pela remissão da pena, mas os professores não ensinam conforme deveriam. Alguns colocam videoaula de outros professores e não explicam a matéria; se a aula é presencial, eles não têm por que passar o conteúdo em vídeo, e, se a reeducanda não consegue aprender nada, eles dizem que elas não se interessam e as reprovam.

Como não se desesperar? A injustiça nos cerca por todos os lados, mas farei o possível para ajudar essas mulheres, elas precisam de alguém que as represente.

A direção temia por minha ida ao pavilhão, pois sabe que eu iria ensinar a essas mulheres seus direitos; e, de qualquer forma, não adiantou muito ter me deixado longe delas, pois sempre dou um jeito de manter contato.

Um episódio bárbaro foi quando solicitei a presença do diretor na "cela especial"; disse a ele que este lugar precisa de melhorias urgente e que, se as fiações da ocupação fossem do jeito que as daqui são, sofreríamos ordem de despejo... Alguns quartos não têm interruptor, as meninas apagam a luz direto no bocal, e uma dela já levou até choque.

Enquanto estiver aqui, farei o possível para ao menos ter um pouco de conforto.

Quero sair tendo ajudado em algo durante a minha estadia. Não quero me sentir inútil.

Foram duas semanas de pequenas reformas na cela especial.

Disse a ele que, se não fizesse, eu chamaria os direitos humanos.

3 DE OUTUBRO DE 2019, QUINTA-FEIRA

Hoje duas mulheres (reeducandas) vieram arrumar as fiações que eu havia pedido. Como são talentosas, não perdem para os homens que estavam com elas, que, aliás, não fizeram nada a não ser olhar, dar ordens como se fossem chefes.

Fiquei impressionada com o trabalho delas: trocaram toda fiação da cozinha, colocaram canaletas. Isso é reeducar, ensinando uma profissão e colocando em prática.

Tanto tempo sem arrumarem esses fios, e em menos de trinta minutos tudo ficou pronto... Acho que as coisas só funcionam na pressão, que os funcionários da manutenção inventam todos os tipos de desculpa, e, mesmo não sendo eles que fazem o trabalho, como é que pode isso acontecer?! Em cinco anos, que é o tempo desde que a mais antiga está aqui, nunca fizeram nenhum reparo, conserto, o que só começou a acontecer com a minha chegada – e só depois que comecei a reclamar e comparar com a ocupação do MSTC. Eu disse ao diretor que, se na minha ocupação as fiações fossem daquele jeito, aquilo seria considerado um risco à vida dos moradores. Não seria diferente aqui... Eu não pedi pra me prenderem, não quero minha vida e das companheiras em risco.

Os caras da manutenção disseram que o Estado não libera grana para manutenção, que o local em que fizeram a "cela especial" foi criado para loucos e que, justamente por isso, algumas celas não têm interruptores. Acreditem: a maioria apaga as luzes direto no bocal da lâmpada.

O dia hoje foi e está sendo angustiante. Foi o julgamento do HC da minha mãe; eu, como sempre, não sei de nada, vivo isolada, faz um mês que nenhum advogado me visita, não me conta em que pé anda o processo, se é que anda.

A pior sensação que pesa na cadeia é não saber nada sobre a sua vida (destino). É uma angústia em dobro, não sei nada, ninguém me fala nada, dá um desespero sem igual. Nunca senti isso nem me imaginei sentir, não desejo a ninguém; a sensação de impunidade, de ser escravizada,

3 DE OUTUBRO DE 2019, QUINTA-FEIRA

silenciada, é horrível. Queria ajudar minha mãe. Espero que passe logo na TV ou no rádio, preciso aliviar meu coração dessa angústia.

Já tomei um litro de água. E ficar aqui trancada, em silêncio, sem respostas, é foda.

São 19h, e eles não vieram; mais uma vez, ninguém apareceu para me aliviar, me informar. A essa altura, todos lá fora já sabem, e eu sempre sou a última – isso quando me contam.

Já tô é farta.

4 DE OUTUBRO DE 2019, SEXTA-FEIRA

Cento e dois dias. Há 102 dias vivo o ativismo judicial; a mesma justiça que deveria me garantir direitos me tira e ainda me prende injustamente. Os mesmos que são pagos pela população para promover a justiça promovem sua opinião própria em um processo forjado, sem contexto, sem provas. Mas esse tipo de prisão nunca é por engano, já tem endereço certo.
 O sistema só serve a quem dinheiro tem. As leis aqui no Brasil foram criadas por homens brancos para beneficiar homens brancos. Eles armaram o esquema certinho.
 Fui separada da minha família, dos amigos, da luta, fui humilhada, torturada, mas não baixei a cabeça. Minha vida não se limita a essa prisão. A fé que tenho em Deus e na Sua justiça é maior. A verdadeira justiça vem de Deus, do universo, das forças ocultas, dos orixás, é nisso que confio.
 Nesse momento, eu me sinto uma escravizada, sem as rédeas da minha vida, como se tivesse sido vendida no mercado, não posso tomar as minhas próprias decisões nem escolher o que comer ou vestir, tenho hora pra acordar e dormir. Vivo uma ditadura, vivo na pele o que muitas outras passaram para eu ter o direito de lutar.
 Nunca fui de julgar mulheres presas, e, depois de passar pela prisão, minha visão só fez concretizar. Tenho outros motivos para não deixar de lutar.
 Nasceu outra Preta.
 O mundo inteiro verá.

LIBERDADE PARA MAINHA

Minha mãe está livre! Parece que saiu uma tonelada de minhas costas.
 Logo pela manhã, o presídio comemorava a notícia, e eu estou em êxtase, nem sei explicar. Fui dormir bem leve depois de uma séria conversa com Deus, briguei com Ele, falei um monte, fui dura com Ele e acho que Ele riu da minha cara, pois o HC já havia sido dado. Pedi perdão depois, lógico, de vez em quando um "presta atenção" não faz mal.
 Durante o dia inteiro, recebi visitas: dra. Amanda Cayres, dra. Allyne Andrade e dr. Fabricio Costa. Eles vieram me dar a notícia, mas chegaram

4 DE OUTUBRO DE 2019, SEXTA-FEIRA

atrasados, o presídio inteiro já sabia, saiu no noticiário pela manhã. Em seguida, Lua Leça, Marina Piotto, Andrea Lanzone e a deputada Isa Penna. Que felicidade, elas vieram me informar sobre meus próximos passos e o que estava acontecendo lá fora. Até que enfim. A primeira coisa que fiz foi brigar com elas, pela demora de me trazer notícias.

Há muitas pessoas interessadas em ser "amigas". Lua me trouxe uma bala, me deixou seu piton (laço de cabelo, que apelidamos assim) com seu cheiro, que tô sentindo neste momento para me sentir em casa.

Agora é questão de pouco tempo para eu estar em casa, junto aos meus.

Eu tô tão feliz pela minha mãe, devem estar todos em festa. Na ocupação é só festa.

Recebi também uma visita de suma importância, a Comissão Dom Evaristo Arns.

Mulheres que tiveram filhos e amigos presos na ditadura, em 1964
Sra. Maria Erminia – 94 anos – ciência
Margarida – socióloga
Maria Vitória – socióloga
Ana Paula – advogada

Essas mulheres lutaram para que eu hoje possa estar na luta. Elas viveram a ditadura, e o que eu estou passando não se compara ao que passaram. Agradeci pelo carinho e disse que por elas eu estou viva, por elas eu tenho motivos para continuar. Hoje sou o que elas foram no passado.

A minha luta é a continuidade do que elas lutaram.

Última visita: Rita Camacho, uma irmã que trabalha comigo no boletim *Lula Livre* e faz parte da Entrelinhas, empresa que me contratou para ser a cara do boletim; minha amiga Ana Flávia e o deputado Paulo Teixeira. Fiquei muito feliz em saber que sou tão amada, eu não tinha e ainda não tenho noção da proporção que minha prisão tomou.

Pedi para a dra. Ana Paula, do projeto Aliança, resolver a situação das meninas na escola. Eu tô aproveitando meus últimos dias aqui para exigir

4 DE OUTUBRO DE 2019, SEXTA-FEIRA

direitos para todas as presas políticas. Vou sair deste lugar amada até por diretor, guardas, advogados, assistente social. Eu tô deixando a marca do amor; da luta plural, meu rastro é de paz, amor e igualdade, unidade. Nossa luta tem que ser juntas e contra um sistema opressor e racista.

Essa é a Preta que sai da Penitenciária Feminina de Sant'Ana.

Depois da tranca, a ficha caiu. Comecei a pular, chorar, agradecer a Deus, é como se fosse eu que já estivesse livre. Uma sensação inexplicável, imensurável, minha mãe vai para casa. Graças a Deus.

O versículo bíblico é correto.

O choro pode durar uma noite, mas a alegria vem pela manhã.

Fui dormir triste, chorando, e ao acordar estava sorrindo.

Não há armas forjadas que perdurem contra quem pratica o bem.

É estranho pensar que neste momento meu objetivo de vida é a liberdade. Porra, deveria ser a coisa mais comum do mundo, mas para pretos a liberdade realmente sempre foi objetivo de vida. Desde 1500.

Eu tenho tantos sonhos, tanta gente pra fortalecer, tanta coisa pra viver, e estou privada dos meus direitos de ir e vir. Me tiraram tudo, sem eu ter feito nada. Tentaram me silenciar, me parar.

5 DE OUTUBRO DE 2019, SÁBADO

"O que nos faz mal merece destaque, é lembrado e às vezes revidado. O que nos fazem de bom, podemos achar que é obrigação de quem faz, é esquecido. Às vezes, uma pessoa amiga, parente ou alguém de nossa convivência, nos faz sempre o bem, mas basta uma atitude de que não gostamos para ficarmos magoados, esquecermos todas as boas.

Aí não gostamos mais dela, não queremos mais vê-la. Agimos com ingratidão.

Vamos esquecer os acontecimentos ruins e dar ênfase a todos os favores que recebemos, a todo bem a ser gratos aos nossos benfeitores."

Tirei esse trecho de um livro espírita que li (*Por que comigo?*) – ultimamente tenho lido bastante esse tipo de livro –, e o que eu quero dizer com isso é que a prisão me proporcionou muito mais coisas boas, pessoas boas, que ruins. Então coloco em prática tudo o que o texto diz. Em minha vida tem mais gente do bem que deve ser lembrada a todo instante, eu tenho muitos benfeitores que merecem muito o meu amor e a minha atenção, e vale mais a pena dar atenção a eles que aos malfeitores que me colocaram na prisão. Dar valor ao amor que é dado.

Cada um oferta o que tem por dentro.

Eu tô cheia de amor, graças a Deus.

Hoje foi um dos sábados de visita, mas a minha não veio. Mesmo assim, continuo feliz; de todos os meus dias nesse lugar, esta manhã com certeza foi a melhor.

Não consegui dormir, passei a noite em claro na euforia de saber que minha mãe está em casa. Me arrumei cedo pra receber minha visita, vi a de todas chegarem, menos a minha.

Meu coração está em paz, pois aposto que em casa está rolando a maior festa, aquela comilança que dona Carmen adora. Ela merece, e eu queria estar lá junto a eles.

Tomei um pouco de café e comi um pedaço do bolo no café da manhã, porém estava tão ansiosa que vomitei tudo. Tive que ser medicada, fiquei

5 DE OUTUBRO DE 2019, SÁBADO

muito nervosa desde que soube da liberdade da mainha. As mãos trêmulas, o coração acelerado, tontura, enjoo... Não estou grávida, calma, foi só um mal-estar, passei a noite revirando na cama, imaginando como será quando eu sair. Tenho medo de não conseguir dar conta das coisas lá fora.

As meninas aqui já estão sendo preparadas para minha partida; desde ontem, o chororô não para. Acho que, quando pedi pra fazer os reparos aqui, estava adivinhando, elas me disseram que isso nunca aconteceu, que, quando eu for embora, vai rolar blitz e peladão, que só não aconteceu por causa da minha estadia temporária, mas tô de partida, e isso é preocupante, ninguém nunca as defendeu antes de mim.

Mas, como eu disse, entrei aqui sozinha e vou sair sozinha, infelizmente não posso levar todas comigo, mas estarei sempre disponível para somar.

6 DE OUTUBRO DE 2019, DOMINGO

Sinto que são meus últimos dias neste lugar. Desde que soube do HC da minha mãe, estou muito ansiosa e até fui medicada com calmante, pois passei duas noites sem conseguir dormir direito.

O quarto que me foi emprestado já está vazio, estou me livrando de tudo, já doei roupas, comidas, produtos de higiene, só fiquei com o básico.

Tirei meu livro do esconderijo e organizei a roupa com que vou embora. As únicas coisas que levarei deste lugar são meus livros, minha bandeira de crochê com as siglas do movimento MSTC. Vou sair com ela nas mãos. Foi por esse movimento que me prenderam e na saída eu quero reafirmar que continuo com eles. Não desisto de minha luta jamais.

Meu HC será julgado provavelmente nesta quinta, 10 de outubro – número de sorte, espero.

As meninas já estão sentindo a minha partida, a bruxa do 171, apelido carinhoso que dei à velha 171, não sai do quarto há dois dias. Hoje fui lá vê-la, me disse que está triste com a minha partida, mas peço para ela parar de segurar meu anjo, que não cometi nenhum crime pra estar presa, preciso partir, isso não significa que ela vai me perder.

Neste momento tenho que ser egoísta, o meu processo não tem nada a ver com o dela, eu a conheci aqui dentro.

São 104 dias de injustiça, que sei que não termina com minha saída. Passar por isso foi a preparação para a guerra que está por vir. São 104 dias a menos, longe da minha família e dos meus amigos, longe dos meus. Até chegar aqui, passei por um bocado de coisas ruins.

Estou com a sensação de ter vencido mais uma batalha, a batalha por trás das grades.

Nesses dias presa, testemunhei gente chegar e sair, nascer, morrer. O mundo aqui é diferente, porém, de certa forma, é mais justo que o mundo lá fora. Aqui o que é certo é certo, não tem essa de fazer e ficar por isso mesmo. Não tem passada de pano pra gente safada, a cobrança chega mesmo.

As meninas do pavilhão me respeitam e pedem a minha ajuda pra muitas injustiças, e eu prometi que, enquanto estiver aqui, ajudarei no que for preciso.

6 DE OUTUBRO DE 2019, DOMINGO

    Não é presa que vou deixar de lutar, estou exigindo o máximo de coisas antes da minha partida, e eles não são bonzinhos como têm se mostrado. Tudo aqui é maquiado, as coisas só estão acontecendo porque sabem que posso denunciar. Todas estão se preparando e com medo de quando eu for embora… Deixei um código para nos correspondermos por cartas, e elas vão me informar; assim, lá de fora posso agir melhor.

7 DE OUTUBRO DE 2019, SEGUNDA-FEIRA

Recebemos a visita dos direitos humanos hoje à tarde. Me fizeram mil perguntas, mas antes mandaram os diretores saírem da sala, porque a conversa era entre nós. O presídio ficou apreensivo para saber do que estávamos falando.

Eles vão entregar um relatório à ONU, e o DG, diretor-geral do presídio, ficou com cara de quem estava escondendo algo.

Cuidem mais das outras presas, das 3 mil que vivem no pavilhão e que também são presas políticas. Não se trata de mim, mas de outras pessoas pretas, outros corpos pretos. Pedi para dar mais atenção a essas mulheres que não são tão bem assistidas por eles como eu; disse que precisamos parar de maquiar, de sermos seletivos como os direitos desumanos – e, se for para garantir os direitos humanos, que seja para todas. Falei sobre a escola e a remissão das reeducandas, contei mais uma vez o que acontecia, resultado.

A escola está com as aulas suspensas até a quinta, dia 10, quando meu HC será julgado. Eles vão avaliar o sistema educacional e os professores. Ao menos consegui que mais alguém fosse "ajudado". Eu já havia informado ao DG de que elas viriam hoje. Tô aproveitando meus últimos dias para fazer o bem.

Como falei, deixei um código com as meninas para quando eu for embora, e avisei que manterei o contato com todas para saber o que rola. Retornarei com muitos projetos para melhorar a vida dessas mulheres.

Eu me sinto uma marionete neste momento, pois minha vida está nas mãos de uma pessoa que eu nunca vi. Sentimentos, tenho muitos: parece que colocaram esperança, angústia, ansiedade e força num liquidificador e fizeram um suco.

O dia demorou a passar, as horas ficaram lentas... só porque está chegando a hora de partir.

Como disse antes, tenho sido medicada com calmantes, pois só de pensar em sair já me acelera o coração. Três dias que parecem três anos, em breve serão horas, três horas para rever minha família e meus amigos.

Estou retornando, sociedade.

8 DE OUTUBRO DE 2019, TERÇA-FEIRA

Talvez essa seja a última vez que escrevo sobre meu dia na prisão. Em dois dias, meu destino será decidido, e eu me sinto terminando um curso universitário. Aqui foi um curso prático de sobrevivência. Ando angustiada, porém feliz e com o coração em paz.

Viver aqui é intenso, mas acho que lidar com a população carente durante esse anos me preparou bastante para alguns momentos no presídio. Ainda bem que sempre soube me virar, sempre fui de dar um jeito em tudo, me adapto fácil a algumas situações. Não estou dizendo que me adaptei à prisão. Jamais.

Vi o dr. Vitor Marques hoje, meu amigo, ele veio me alertar sobre as preocupações da dra. Allyne Andrade e da Marina Piotto, minha amiga, porque falei que fiz umas coisas aqui dentro, nada demais. Imagino o desespero da Marina, toda exagerada. Elas têm medo de que não me comporte e coloque tudo a perder. Mal sabe ela que tô tacando o terror pelos nossos direitos.

Logo eu, que sou a mais de boa deste lugar, só brigo por direitos e quando vejo algo errado; no mais, estou na paz. Faço meu mantra: me conecto a Deus, me fortaleço para as lutas que encontrarei pela frente, lá fora.

Sinto como se acordasse aos poucos de um sonho e tornasse minha vida realidade; como se aqui fosse minha vida e lá fora a realização de meus sonhos.

Eu vou viver o melhor desta Terra.

Os direitos humanos hoje visitaram a Ocupação 9 de Julho. Como eu sei? Minha cara gorda não para de passar na TVT, as companheiras sempre vêm me avisar. As que assistem à TVT, porque as outras, na grande maioria, só querem saber da novela das oito.

Já comecei a me despedir preparando todas elas para minha breve partida.

O calmante tem me ajudado bastante, dra. Gabi tem me dosado, não consigo explicar a sensação de estar prestes a sair deste lugar, é como estar com um pé na fronteira entre México e EUA (risos).

8 DE OUTUBRO DE 2019, TERÇA-FEIRA

É foda.
Recebi e respondi a quem sabe minha última carta. Era do meu irmão, e em breve vamos nos falar pessoalmente. Provavelmente nem vai dar tempo de ele ler essa carta.
Contagem regressiva.
Deixei na parede as marcas da minha passagem por essa "cela especial".
Contei cada dia, fazendo um calendário na parede: todos os dias, ao acordar, eu marcava o dia da semana, a data e o dia que estava presa.
Na porta deixo os versículos bíblicos, fotos de Lula, Gadú, Marielle, Ana Cañas, Chico Buarque, Dilma, papa Francisco, Cacique Raoni, Filipe Catto, todas recortadas da revista *InVeja* – é assim que a chamo.
Deixei uma Bíblia para recepcionar quem chegar, para acalantar, assim como fez comigo. Já doei todas as minhas coisas e já desarrumei tudo o que vou levar embora. Daqui, somente livros, cartas e lembranças.

10 DE OUTUBRO DE 2019, QUINTA-FEIRA

ESTOU LIVRE!

Agora são 4h45, e me trancaram na cela. Estou aguardando o alvará chegar, já estou com o HC, agora falta o oficial me notificar no presídio. Fiquei o dia todo apreensiva, olhando pela grade, de onde dá pra ver quem chega. Vi um homem que parecia o dr. Augusto de Arruda Botelho, já comecei a me tremer. Falei pra dona bruxa do 171:
— Eu acho que aquele ali é meu advogado, ele veio me buscar.
Em seguida chegaram o dr. Beto Vasconcelos, a dra. Allyne Andrade e o dr. Fabrício. O dr. Beto pediu para o Fábio, diretor, me deixar ficar com ele, mas ele me levou de volta pra cela. Até a chegada do alvará, ainda continuo presa.
Até o pavilhão comemorou, disseram que a deputada estava de partida. O dr. Augusto veio me instruir: eu tô livre, mas continuo presa.
Lá fora há repórteres, amigos e com certeza gente curiosa também.
Aqui na especial foi dia de choro, mas de alegria. Fizeram uma oração todas juntas enquanto o HC era julgado.
Até as 19h eles me liberam; após isso, não. O problema é que já doei todas as coisas que tinha, então, se tiver que passar mais uma noite aqui, vou pirar.
Não vejo a hora de ver minha família, abraçar minhas crianças, meu irmão, minha mãe. Eu nem sei o que devo dizer a todos quando sair, tenho medo, receio, já tomei dois calmantes e água com açúcar, fiz uma oração na solidão da cela. Hoje é meu último dia neste lugar; na prece pedi a Deus para que liberte todas daqui. Ninguém merece ficar preso.

Pronto, alvará chegou, me despedi de todas, foi um chororô que só. Tô livre.

O DIA EM QUE RENASCI

Foi estranho sair da prisão, eu senti muitas coisas, a adrenalina foi lá em cima.

Acredita que, na hora de minha saída, tinha uma guarda querendo embaçar na minha? Só não mandei ela tomar em um lugar específico, bem no orifício, porque o diretor Fábio, um cara gente boa, me acompanhou até a porta. Ele estava lá comigo, ficou feliz com minha saída, me pediu pra ter calma, me desejou boa sorte, olhe por nós aqui e pelas que ficaram, me deu um abraço forte. E deu tchau. Falei pra guarda que, se eu não falasse o que ela queria, ela não poderia fazer nada, eu estava com um alvará de soltura nas mãos, ela não mandava em nada, a opressão não funcionaria comigo. Acabou.

Logo veio outra pessoa, uma humana, educada, conversar comigo. Pronto, faltava só mais um portão – e esse foi um caminho tão longo que eu achei que faltaria mais um dia até rever o mundo lá fora.

Antes de tudo, porém, eu tinha que passar para devolver o uniforme e os lençóis que me emprestaram quando cheguei ao presídio. A funcionária que conferiu as coisas que devolvi foi a mesma que me recebeu quando cheguei, mas dessa vez ela foi mais educada, porque, quando cheguei, foi opressão. A despedida foi mais educada que a recepção. Quando cheguei foi opressão, como se eu não fosse humana. Detalhe que a mulher é preta, assim como eu. Na saída, ela me perguntou:

— Você tinha feito o pedido da TV, né?

Respondi que sim, mas que agora vou ver TV em casa.

Desde que cheguei a tal TV está a caminho, já descontaram minha grana e não entregaram o produto. Detalhe: o dinheiro não me foi devolvido.

O presídio estava movimentado, todos os funcionários vieram ver minha saída. Recebi um abraço apertado de alguns, outros me sorriram com os olhos. Eles tinham medo – não de mim, mas de alguém caguetar.

Ouvi o ajudante do dr. Drauzio Varella falar. E ela vai sair bem bonita, toda maquiada.

Esperei minha roupa chegar, pois já tinha avisado a Marina que não sairia com aquelas roupas jamais. Eu queria sair linda, eu estava livre, queria algo diferente, 108 dias vestindo marrom e branco. O diretor foi lá fora buscar minhas roupas. E eu me troquei na mesma salinha em que, quando cheguei, tive que agachar, nua, três vezes de frente, três vezes de costas.

Naquele momento, me passou um filme pela mente: joguei as roupas no lixo, colocando muita força no ato, aquilo representava muito, foi satisfatório me livrar daquelas vestes pesadas, que pareciam chumbo no meu corpo. Como correntes que um dia prenderam escravizados.

Saí carregando todos os meus livros e as minhas cartas, que foram as únicas coisas que fiz questão de guardar, eram meus tesouros. Na saída, eram tantos portões que achei que nunca chegaria à rua. Pensei que seria mais um dia até estar fora desse inferno.

Dr. Augusto de Arruda, dr. Beto Vasconcelos e dra. Allyne Andrade estavam à minha espera no penúltimo portão para me instruir sobre o que falar à imprensa, e eu disse a eles que já havia ensaiado tudo no espelho. Hum-hum, sei. Perguntei se poderia exibir minha bandeira do MSTC, ao que eles me disseram que sim. Foi quando coloquei meus pés para fora do inferno, com minha bandeira em mãos, e ergui para todos verem que nunca desisti de ser quem sou.

Eu gritei. Estava tão sufocada, tão presa, que só conseguia avisar a todos que estava livre. Queria que o mundo me ouvisse naquele momento. Estava muito emocionada, feliz, com raiva, querendo justiça, com vontade de gritar, querendo os braços da minha família para me aconchegar. Olhei para a multidão procurando minha família para abraçar. Achei que fosse vê-los ali para me retirar daquele lugar, mas eles não estavam lá.

Eu sai tão desnorteada que não sabia para que lado ir nem o que fazer. Foi quando soltei o que estava preso em meu coração. Vi tanta gente e não vi ninguém ao mesmo tempo. Era tanta gente, tanto microfone, câmera. Eu estava chorrindo – termo que uso quando choro e sorrio ao mesmo tempo (risos). Eram muitos sentimentos acumulados.

Falei um pouco mais com algumas pessoas, abracei outras e entrei no carro.

Cadê minha mãe e meus irmãos? — perguntei.

— Estamos indo ao encontro deles — disse Marina.
Chegamos ao local em que minha mãe e meus amigos estavam à minha espera. Era muita gente. Abracei Marina quando saí do carro, em êxtase e disse:

— Eu tô livre mana, eu tô livre! — Eram as únicas palavras que saíram de minha boca, falando com Marina.

Abracei minha mãe tão forte, e ela só conseguia me pedir perdão, ela se sentia culpada por minha prisão. Nós caímos no chão, abraçadas, muito emocionadas. Mainha chegou a desmaiar ao me ver. Eu disse a ela que nunca mais ninguém separaria nós duas outra vez.

Abracei minhas amigas Bia Ferreira e Doralyce, que, emocionadas choravam. Cantamos a música que fiz na prisão, e Bia fez o *beatbox*. Estavam também meu amigo Rafa Ferro, minha segunda mãe Eliane Caffé, entre outros... Fomos para a casa de um amigo, Bruno Lima, onde estava rolando outra festa; havia fila para entrar, e eu nunca me senti tão amada, nunca abracei tanta gente na vida, lá estava o povo da ocupação, meus amigos... Quando achei que fosse ver minha irmã Lili, soube que ela estava em uma delegacia e pensei: "Pronto, agora é com ela". O dr. Augusto foi socorrê-la.

Quando estava indo me buscar na penitenciária, a polícia seguiu seu carro, não a deixando chegar a mim. Dois pretos num carro já se torna algo suspeito. A polícia parou o carro em que ela estava, junto com a deputada Juliana Cardoso, seu esposo Jefferson Santos e um dos meus melhores amigos. Apontaram uma arma para eles e, depois, levaram todos para a delegacia, onde ficaram até a noite. O carro era da minha mãe, estava sendo rastreado, não sei o que eles queriam com mais essa ação truculenta contra nós, uma perseguição atrás da outra. Só consegui ver minha irmã quase no outro dia. O dr. Augusto foi lá para libertá-los, teve medo de ser mais uma armadilha e prenderem a Lili, pois ela tinha horário para voltar para casa, estava sob medida cautelar.

Quando vi as crianças de casa, quase enfartei. Ainda me lembro do sorriso do Kauê quando me viu. Eu comentei algo como "nossa, ele ainda lembra de mim"; ele só tinha dois anos de idade e lembrou. A Victória chorou, me abraçou, foi um momento muito emocionante para todos. As fotos falam por si.

Cheguei em casa antes das 22h, e eu não podia estar nas ruas, aparecer em fotos etc. Havia mil recomendações a seguir.

Minha casa ficou cheia, não tinha espaço para nada a não ser a felicidade, eu estava com minha família e meus amigos. O Sidy, meu irmão que também estava preso, ainda não tinha saído, não deu tempo, ele só saiu no outro dia pela manhã.

Foram três meses de regime domiciliar – em meio a muitas medidas cautelares, essa foi mais uma. Passei três meses sem sair de casa, só em horários específicos ou para ir ao fórum criminal assinar minha carta de alforria. Ainda continuo fazendo isso: vai ser assim até o fim do processo.

Meus amigos passavam noites e dias comigo. Recusei muitos convites de trabalho – não porque eu quis, lógico, eu estava doida para trabalhar. Perdi diversas oportunidades porque mais uma vez o Estado me privava da liberdade. Uma opressão disfarçada. A justiça nos tira tudo. Mesmo em casa, com amigos e família, com muitas visitas importantes, eu me sentia presa.

Quando dava certo horário, eu me recolhia escondida, às vezes ficava em silencio, era muito barulho na cabeça, não estava mais acostumada. Por diversas vezes, acordei triste, chorava muito. Pensava nas outras que ficaram presas, naquele lugar horrível... Eu nunca me conformei em saber que eu estava livre e ainda havia outras presas inocentes aguardando a tal justiça.

Adquiri um trauma, um tipo de soluço; então, toda vez que me lembrava de uma situação ou ficava nervosa, eu soluçava, vez em quando ainda tenho essas crises. A psiquiatra me passou até um remédio, um calmante. Mas não tomei por muito tempo, não, tive medo de ficar dependente. Graças a Deus tive apoio de muitas pessoas boas. Psiquiatra que é realmente importante para ajudar nessas situações.

Várias vezes pensei nas outras... Eu ainda tive esse apoio, mas e quem não tem? A prisão nos tira todos os direitos, lesa, fere, violenta, e não há ressocialização. Sinto como se tivessem acabado com minha vida. E é bem difícil voltar ao normal, muitas feridas foram abertas, algumas que nunca vão cicatrizar. Me sinto uma escravizada, marcada a ferro quente; muitas vezes acordei na madrugada em crise, chorando, com falta de ar e me escondi com medo de a polícia arrombar minha porta. Não posso ouvir o barulho da sirene que entro em desespero.

Por mais coisas que eu tenha vivido depois que saí da prisão, os traumas sempre retornam, as lembranças são perversas, os sentimentos são reais. A mente sempre faz questão de me lembrar, meu corpo sempre faz questão de sentir. Não consigo me livrar disso.

No começo havia viaturas na porta de casa quase todos os dias, me vigiando para ver se eu sairia das regras impostas pelo Ministério Público. Policiais à paisana conferiam quem entrava e quem saía do prédio. Chegaram a perguntar ao funcionário do posto de gasolina sobre mim. No entanto, como eu sempre fui cumpridora da lei, enquanto não pude, não saí de casa.

Meus advogados me orientam, a polícia não precisava fazer assim. Se queriam me pegar fazendo algo errado, perderam tempo.

ANGELA DAVIS

20 DE OUTUBRO DE 2019

Eu poderia cantar aquela música do Raul: "O dia em que a Terra parou". Angela iria me visitar na prisão, mas, para minha sorte, não deu tempo. No fundo, eu nem queria que ela fosse ao presídio, seria egoísmo fazer com que ela revisitasse essa dor.

Nesse meio-tempo, tive que recusar vários convites de nosso encontro, por causa da prisão domiciliar. Sempre que ela tinha uma palestra era no fim de semana e, como eu disse, eu não podia sair de casa aos fins de semana. Recebi muitas visitas, muita gente influente, artistas, políticos, era muita gente mesmo. Mas nenhuma delas foi tão significativa quanto Angela Davis. Parecia que eu me via naquela mulher. Poderia ser Angela Ferreira ou Preta Davis. Eu vi a mesma história ser contada duas vezes.

Ela havia me convidado para o encontro na escola Florestan Fernandes, mas, como não pude ir, minhas amigas bolaram um plano e foram em meu lugar. Passamos a noite bebendo e conversando. Maria Gadú, Lua Leça, Marina Piotto e eu. Elas foram de Uber, e o lugar era bem longe. Na volta, Maria e Lua pegaram uma carona para chegarem a minha casa... antes de Angela.

Na palestra, Angela havia tirado uma foto minha da bolsa, mostrado para a multidão, perguntado por mim. Essa foi sua primeira fala no encontro. Elas deram a Angela meu endereço, e ela cancelou todos os compromissos para me ver. Quando elas me avisaram que Angela estava indo ao meu encontro, não acreditei.

Nosso encontro não foi como vocês pensam, romântico. Foi, afinal, entre duas mulheres pretas violentadas pelo patriarcado. Violentadas historicamente de diversas formas: simbólica, psíquica, fisicamente. Fomos presas porque sabiam de nossa força. Nós nunca cometemos crime algum, apenas lutamos por nossos direitos e contra o racismo.

Meu encontro com Angela Davis carrega muita dor e sofrimento. Quando nos abraçamos, foi dolorido, pesado. Assim que ela entrou, dei-lhe um abraço apertado e falei um inglês meio baiano, mas o importante é que ela entendeu (risos).

Eu quis que fosse um encontro relaxado, falei algumas coisas engraçadas para descontrair o momento. Ao mesmo tempo, ela me disse:

— Estou aqui para saber em que posso ajudar! — Tirou a minha foto da bolsa para me mostrar, e era uma foto de uma matéria quando estava presa.

Angela me disse que havia lido muito sobre mim e que por onde andava carregava aquela foto. *Você é o símbolo da liberdade do Brasil.* Foi uma tarde de muitos questionamentos, e Angela e minha mãe conversaram bastante também, trocando experiências de luta – e que experiências.

Ela me perguntou o que eu achava que havia me salvado na prisão.

— A consciência de classe, foi isso que me salvou. Eu sempre soube do meu papel de mulher preta e do papel da sociedade referente a mim.

Minha amiga Erica Malunguinho, que também foi muito elogiada por Angela, estava presente e participou bastante. Aliás, todas as minhas referências de luta estavam ali, no mesmo lugar que eu, no sofá, conversando. Carmen Silva, Angela Davis e Erica Malunguinho, quanta força.

Enquanto Angela escrevia uma dedicatória para mim em seu livro, eu disse:

— Eu também escrevi um livro. Quando ficar pronto, vou autografar para você.

Risada garantida. Enquanto Angela Davis dedicava seu livro a mim, eu a olhava encantada. Eu me vi no futuro – e foi inexplicável, um mix de sentimentos. Me debrucei em seus braços como se estivesse abraçando a mim mesma. Parecia que me olhava no espelho, senti como se já nos conhecêssemos havia muitos anos, não sei explicar, como se eu trocasse com meus ancestrais.

Ofereci água, café, suco, e Angela aceitou a água, mas não bebeu tudo, deixou mais da metade. O copo estava quase intacto. Quando ela se foi, eu bebi toda aquela água só para ser como ela. Talvez achem isso estranho, mas senti como se fosse um ritual, como se eu bebesse direto da fonte para me fortalecer.

Eu cantei para ela a música "Não perca sua fé", que fiz para as meninas lá dentro, e contei a história da música. Foi emocionante, todas com cisco nos olhos. Contei sobre o tratamento no presídio e algumas das histórias deste livro.

Momento histórico de minha vida: ser aplaudida por Angela Davis, ouvir essa mulher, sinônimo de força mundial, me dizer que sou forte.

Minhas amigas Maria Gadú, Marina Piotto, dra. Allyne Andrade, Isa Penna, Lua Leça, Sandra Silva, Anne Tozzeto, Clarice Cardoso, Cândida Del Tedesco, Monique Evelli e as manas do MST me ajudaram a proporcionar um momento como esse; são as mesmas que lutaram por mim enquanto estive naquele lugar horrível. Mulher sabe sentir a dor da outra.

Ao se despedir, Angela me abraçou e disse:

— Desculpe por invadir sua casa.

— Melhor você que a polícia — respondi, num impulso.

Ela ainda lembra dessa frase, que foi uma das minhas pérolas que a alegraram.

Depois fui até ao elevador com ela e pedi mais uma foto, ainda incrédula, sem conseguir falar meu inglês baiano, nos comunicamos de outra forma, a forma mais preciosa, do amor. Falávamos com o olhar, tipo o das guardas que me abraçaram no presídio na minha despedida. Eu não queria ficar longe dela nem por um instante, estava hipnotizada.

Vi Angela Davis e Carmen Silva se admirarem, se apoiarem como mulheres pretas de luta e muito orgulhosas de mim. Angela parabenizou minha mãe por minha criação, e eu não poderia me sentir mais orgulhosa de mim mesma. Sempre me recordo disso: as duas pareciam amigas de infância dialogando sobre a vida.

Angela aprendeu sobre o movimento de moradia, sobre o MSTC, e disse que visitaria a exposição em Chicago. Sim, eu estava presa e exposta em Chicago na Bienal de Arquitetura. Angela me traz esperança, e, quando a vejo com minha mãe, me sinto forte. Não poderia ter bebido de fontes melhores. Angela falou sobre mim em todas as suas palestras no Brasil; e eu ainda não tinha noção do que estava acontecendo até esse encontro.

Estive com Angela no dia seguinte, no Auditório do Ibirapuera, num encontro mais rápido, mas que emocionou quem estava presente. Eu e minha família retornamos para casa bem rápido, tinha que estar lá às 18h. Fui para casa chorando de raiva: "Como assim, não posso ficar com Angela em um momento tão importante da história do nosso país?". Eles continuam me vigiando, eu continuo presa.

Não escolhi estar no lugar que estou hoje, foi destino, ou predestino, já estava tudo predestinado pelos meus antepassados. E tenho os melhores exemplos de luta ao meu lado: Angela Davis e Carmen Silva. Gratidão por tudo. Não fossem vocês, eu nem estaria aqui hoje contando essas coisas.

Minhas heroínas estão vivas, reescrevendo a história ao meu lado.

RETOMADA

Em dezembro de 2019, meus advogados conseguiram revogar a medida cautelar que me impedia de sair de casa. Eu estava sem trabalhar, pois minha atuação cultural é realizada à noite e aos fins de semana, na maioria das vezes. Passei três meses em casa, sem poder sair, no meu isolamento obrigatório, e não reclamei: melhor estar em casa, no meu paraíso. Por isso a minha luta, para que todos possam ter um lugar para chamar de seu.

Encontrei minhas amigas que estavam presas comigo e que saíram antes, Daiane e Valeria, aquelas que serviram de laranja. Elas vieram me visitar quando eu não podia sair de casa.

Em seguida vieram outras, algumas até já dormiram em casa, passamos o Natal juntas, foi mágico: reunimos nossas famílias, conforme nos prometemos lá dentro. Nem acreditamos que um dia estávamos chorando por estarmos presas e sonhando com a liberdade e, no outro, estávamos reunidas. Parecia um sonho, meu Deus, como foi bom. Nós nos conhecemos em um lugar de grande tristeza e estaremos juntas para sempre, conseguimos sobreviver, passamos pelo pior momento da vida juntas e continuamos juntas.

Temos um grupo no WhatsApp em que nos falamos todos os dias; quando outra ganha sua liberdade, nós adicionamos. Falamos sobre tudo, e funciona também como um lugar de escuta. Atuamos em conjunto, uma fortalecendo a outra no que pode, cuidamos umas das outras. Prometemos isso a nós mesmas.

Estamos com muitos projetos, planos, e eu já comecei as ações de fortalecimento, até para quem eu não conhecia.

Muitas mulheres me procuram pedindo ajuda, mulheres ex-egressas, mulheres que têm familiares presos, gente de todo Brasil. Recebo mensagens diárias… Infelizmente não tenho como fortalecer a todas, mas faço tudo o que está ao meu alcance.

Eu me lembro de ter dito uma vez que queria que as pessoas injustas passassem um mês presas para saber quão ruim e doloroso é, ainda mais quando se trata de um caso de injustiça. É uma dor insuportável, uma sensação de não pertencer a nada, a lugar nenhum. Ao mesmo tempo, fico aqui pensando que devo pedir a Xangô piedade, porque a justiça não sou eu quem faz, então que seja feita sua vontade.

Agora, do lado de fora, todos os meses eu preciso ir ao fórum criminal da Barra Funda assinar o alvará – a carta de alforria; além disso, preciso ter um relatório de tudo o que faço. Tudo tem que ter hora, data, local e atividade; se for uma viagem, devo relatar por quê. E só posso viajar com autorização judicial, não tenho permissão para sair de São Paulo sem que os meus donos me autorizem. Eu me sinto como uma escravizada em pleno século XXI. Todas as vezes que me convidam para uma palestra, para cantar etc. fora da comarca de São Paulo, meus advogados têm que pedir autorização judicial com meses de antecedência. Isso vai durar até o fim do processo; enquanto não houver julgamento, não estarei livre

Eu respondo na vara que criaram para crime organizado. CRIME ORGANIZADO. É humilhante ver as pessoas te encarando com aqueles olhares acusadores. Teve uma vez, porém, que recebi uma mensagem em minhas redes sociais de uma funcionária do fórum.

Preta, sinto muito por isso que você está passando, te vi no fórum hoje, queria te dar um abraço. Eu sei que você é inocente.

E lá estava ela no mês seguinte, me esperando para me abraçar; achei um gesto nobre e lindo, quase não acreditei. Só retribui o abraço e agradeci. Ela estava muito triste por me ver naquela situação; eu, de minha parte, estava triste não por mim, mas em ver minha mãe passar pela mesma situação. Depois de encarar tantas coisas na vida, depois de sofrer tanto, ainda tinha que lidar com mais essa humilhação. A mulher que criou oito filhos sozinha, que lutou em prol de moradia para tantas pessoas, passar por tudo isso. Quanta injustiça.

Certa vez me perguntaram: "O que a liberdade significa para você?".

Respondi que nunca fui livre, que no Brasil não existe carta de alforria sem a garantia de direitos. Liberdade tem sabor amargo, liberdade para mim seria o fim do genocídio das populações preta e indígena. Liberdade é ver meus irmãos e minhas irmãs presos políticos livres.

Quando todos os direitos forem de fato garantidos a todas as pessoas, eu serei livre.

Descobri na pele que a abolição é uma farsa – e descobri isso sendo torturada, sendo punida por fazer a revolução acontecer, porque lutar por direitos constitucionais é fazer a revolução. Em 108 dias de prisão, vivi muitos anos, vivi muitas coisas que não desejo a ninguém. Ser preso tem muito peso, muito fardo. Agora tenho feridas que nunca mais vão cicatrizar. Tento pensar que tudo isso também me levou para um plano de evolução que eu nunca imaginei: já enfrente meu maior pesadelo e saí viva, de cabeça erguida.

Eu, minha mãe, e meus irmãos não podemos entrar nas ocupações do MSTC, que são, diga-se de passagem, as únicas em que entramos na vida. Não posso pisar no lugar que eu lutei tanto para ocupar, existir, construir, resistir e morar.

Os moradores das ocupações, meus amigos, vivem pedindo para voltarmos, vivem chorando por sentirem nossa falta. Mas o que posso fazer?

Eles querem nos matar, e com requinte de crueldade. Desmobilizando lideranças, enfraquecendo os moradores para tentar depois uma possível reintegração de posse. Jogar o povo na rua, à mingua. Mal sabem que esses moradores já foram treinados para ocupar, resistir e morar. Foram os próprios governantes que os treinaram; a escola foi a falta de direitos, a necessidade, a sobrevivência.

Desde que fui presa, venho recebendo diversos convites de vários partidos políticos para me candidatar a algum cargo político. Nas minhas redes sociais, o povo não cansa de mandar mensagem me perguntando sobre isso.

Acreditam mesmo em mim. Acho que me veem como uma força defensora para eles – não os partidos políticos, mas o povo, a base, a minha base. Os partidos políticos são homens brancos oportunistas, vejo todos como senhores feudais, apropriadores e defensores de seus interesses próprios.

Mas ainda não quero isso, quem sabe num futuro; por ora vou fazendo política com meu corpo, do jeito que sempre fiz. Eu não preciso de *status* para ser do povo, para defender o povo. Meu partido é justiça, e os votos são essa confiança depositada em mim pelo povo.

ÚLTIMOS TEMPOS

No momento em que finalizo este livro, o mundo inteiro sofre com a covid-19; todos estão presos em casa. Não se trata da mesma prisão que eu sofri, mas as pessoas estão presas. Parece que tudo o que vivi antes me preparou para essa quarentena: sempre arrumo algo diferente para fazer ou comparo estar presa em casa para não morrer com estar presa em casa para não ser presa novamente. Eu estou presa pelos dois.

É como se a liberdade para mim ainda não tivesse chegado – e é isso mesmo. Estou em liberdade há sete meses, mas só consegui aproveitar três deles, os demais passei em casa. Eu não estou reclamando, jamais; sou grata a Deus, pois sei que poderia estar em lugar pior. Sei também que tem outras pessoas lá que estão precisando de ajuda.

Essa doença veio para mostrar que ninguém é melhor que ninguém. Dizem que as pessoas estão mudando, certo? Imagina, continuamos na mesma. Quem mais está morrendo em todo o mundo são as pessoas pretas. Isolamento social é o *apartheid*, a falta de políticas públicas para trabalhador de baixa renda, herança do racismo, da colonização europeia que ainda nos devasta. O racismo mata mais que a pandemia; e a pandemia é um braço dessa necropolítica inventada para nos punir por sermos pretos. Quem diz que pena de morte no Brasil não existe está mentindo. A pena de morte sempre existe nas favelas e periferias, já tem destino certo, corpos pretos. Agora, nas favelas e nas periferias é onde se concentra a maior parte dos atingidos pela covid. E, nessas horas, o que salva são os movimentos sociais, que sabem das necessidades dessas pessoas e como melhor salvar essas vidas, que nunca tiveram oportunidade.

Desde o começo da pandemia, as invasões policiais aumentaram em 30%, ficamos tempos sem ministro da Saúde, muitos dos leitos dos hospitais públicos estão ocupados por pessoas que contraíram a doença, 85% dos moradores da favela são pessoas pretas. Há cada 23 minutos um jovem preto morre assassinado nas mãos dos racistas; a gente dorme com um corpo preto tombado e acorda com a certeza de que outro corpo preto tombará.

No universo torturante, humilhante e desumano dos presídios, a escravidão insiste em nos perseguir. Há superlotação crônica, em condições anti-higiênicas, praticamente inexiste acesso ao direito básico de saúde. Para dar uma ideia, a taxa de prevalência de pessoas com tuberculose e outras doenças infectocontagiosas e respiratórias na prisão é muito maior que na vida em liberdade. Nos últimos tempos, então, a covid-19 vem agravando essa situação. Junto com o descaso, gera desespero nos presos e em suas famílias. Presos já se despedem, pois esperam o dia da morte. É necessário olhar para essa população como seres humanos, antes de mais um massacre.

É urgente reduzir os números de pessoas nas prisões. Liberando pessoas presas arbitrariamente, em cenas forjadas, presas inocentemente, sem prova de crime cometido, presas em desacordo com os tratados internacionais que o Brasil assinou – mãe que rouba leite para sustentar seus filhos, idosos, pessoas com doenças crônicas, integrantes dos grupos de risco.

Não estou querendo que pessoas culpadas e/ou perigosas não paguem por seus crimes. Apenas peço humanidade para que haja uma revisão momentânea da pena e modo de cumprimento dela em processos de pessoas nesses grupos mencionados. Que medidas apropriadas sejam tomadas para evitar a disseminação do vírus. Como exemplo, temos que lutar contra a superlotação em celas, para, assim, evitarmos um colapso. As pessoas que cometeram crimes foram presas para pagar pelo que fizeram, não para morrerem por falta de assistência. Olhem pelo sistema prisional. Os humanos realmente precisam ter direitos. O direito penal, antes de ser penal, é direito. O Ministério da Justiça deve estar atento. #NãoAoGenocídioPrisional

Para tentar reduzir esses danos, estamos trabalhando contra essa doença, levando atendimento a famílias em situação de vulnerabilidade. Assim como o MSTC, vejo vários coletivo nas periferias e nas favelas se fortalecendo, porque a gente sabe que lá não chega nem saneamento básico, imagine ajuda para combater a pandemia. Eles querem ver pretos e indígenas mortos.

Temos um projeto chamado Casa Verbo, que está fazendo um ótimo trabalho com essas famílias. O atendimento não se limita a integrantes do movimento, está em favelas, cortiços, pensões e com pessoas que têm parentes atrás das grades.

Juntos, Casa Verbo e MSTC formaram o Comitê Popular de Combate à covid-19 para enfrentar os desafios que a pandemia impõe às populações mais vulneráveis do Brasil enquanto a desigualdade só aumenta.

E o descaso do governo se mantém. Por sua vez, Carmen Silva ainda tem disposição para lutar pela tão sonhada equidade.

Quase todas as meninas que conheci naquele período já estão em liberdade. O tempo que lhes foi roubado não volta, mas agora duas delas trabalham na área da saúde e estão na linha de frente no combate ao novo coronavírus.

Ao mesmo tempo, sabemos que elas só estão trabalhando assim porque o SUS está sucateado e toda mão de obra para salvar vidas é necessária. Antes disso, elas estavam desesperadas atrás de trabalho – e não que elas não fossem competentes, mas os antecedentes criminais ficam para sempre.

Quando vamos procurar emprego, a primeira coisa que pedem são os antecedentes criminais, o CV vem depois. A gente sabe como as coisas funcionam neste país.

Sobre o meu processo, está parado, mas não somente devido à covid-19. Provavelmente minha vida seguirá dessa forma por quatro anos, até que eu prove minha inocência no dia do julgamento. Enquanto isso, sigo fazendo o que me foi imposto pelo universo, pelos espíritos ancestrais, lutando para garantir direitos a quem foi esquecido, pela minha e pela liberdade de meus irmãos e minhas irmãs. Quebrar as correntes que ainda nos prendem.

Quero acreditar que o mundo está mudando e nós, povos pretos e indígenas, estamos nos aquilombando, outra revolução está por vir. Uma revolução mundial.

Hoje, dia 24 de junho de 2020, um ano depois de tantas histórias vividas, me encontro escrevendo o último parágrafo dessa forte história, ressignifico todas as dores em arte e amor. Não serei eu quem cairá na armadilha do ódio.

No dia de Xangô, rei da justiça, peço misericórdia e clemência para quem atravessar o meu caminhar, misericórdia para quem tem a maldade bombeando sangue em suas veias.

E a todos que lutam contra injustiças, fica meu humilde recado! Não importa o que te façam de mal.

Não importa quanto te julguem,
Não seja como eles,
Não se deixe abater,
Não deixe de ser você,
Seja forte,
Seja luz,
Silencie para se fortalecer,
Silencie para renovar,
Ressignifique sua dor,
Acredite em si mesmo,
Acredite na sua luta,
Você não está só.
Não faça luta sozinho(a), pois todos nós precisamos uns dos outros,
O egoísmo leva à solidão,
O amor sempre vence,
Não desista,
Nossos ancestrais estão nos protegendo,
Nada dura para sempre,
Bem menos a maldade.

Não perca sua fé.
Quem não luta tá morto.

"VOZES VAZAM GRADES",
PARA PRETA FERREIRA

A braveza dos dias incide sobre
a Preta mulher, mas a mulher preta
mesmo ferida no corpo e n'alma
indaga as injustiças do tempo.
E, quando a mulher preta dança
os passos de sua secular dor
e canta os infinitos acordes
de sua longa angústia,
a sua voz rouca e trêmula
denuncia a aridez dos mandos.

E não há quem faça dormir
a teimosia de sua esperança,
a sua voz se funde a outras,
repercutindo repetidos brados.
E não é uma solitária litania,
um coletivo clamor se ergue
desde os fundos dos tempos
em petição de reparos.
 Vozes dos escombros
dos navios e das prisões
se levantam em gritos:
— que se decrete a justiça
para ontem, para hoje
e para sempre.

CONCEIÇÃO EVARISTO, nov. 2019

CRÉDITO DE IMAGENS

CAPA foto de Thiago Santos
P. 5 foto de Thiago Santos
P. 10 foto de Rodrigo Zaim
P. 12 foto de Virginia de Medeiros / galeria Nara Roesler
P. 16 acervo pessoal
P. 20 foto de Rafael Vilela
P. 49 E P. 175 acervo pessoal
P. 202 foto de José Eduardo Bernardes/Brasil de Fato
P. 208 foto de Pamela Machado
P. 213 foto de Lorenzo Porto
P. 214 foto de Marina Piotto
P. 224 foto de Thiago Santos

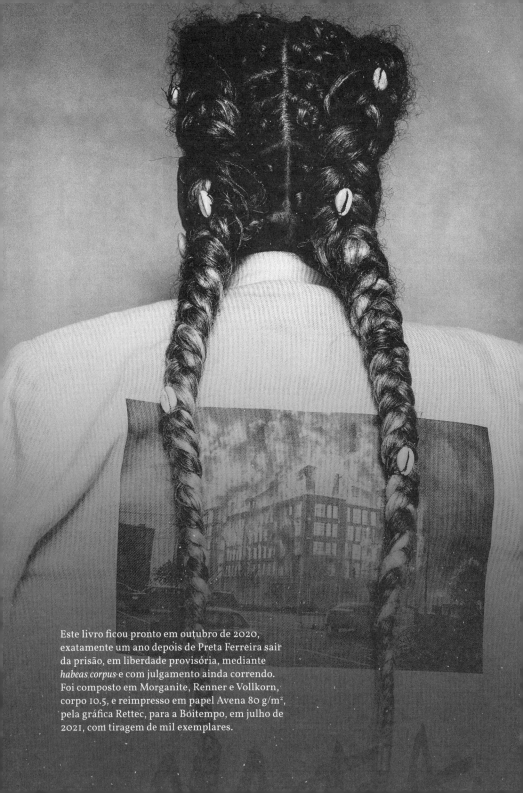

Este livro ficou pronto em outubro de 2020, exatamente um ano depois de Preta Ferreira sair da prisão, em liberdade provisória, mediante *habeas corpus* e com julgamento ainda correndo. Foi composto em Morganite, Renner e Vollkorn, corpo 10.5, e reimpresso em papel Avena 80 g/m², pela gráfica Rettec, para a Boitempo, em julho de 2021, com tiragem de mil exemplares.